CURRY

—メシトピア—

崩食ソサイエティ

「い、いただきます……」
どうしようもなく強い衝動にかられて
カップ麺の蓋をそろそろと開ける。

「何で、私、こんな……。」

「お願い！　私もう一度、
カップ麺を
食べてみたいの！」

「はあ!?」

矢坂弥登
ニッシン

月井明香音
布滝美都璃

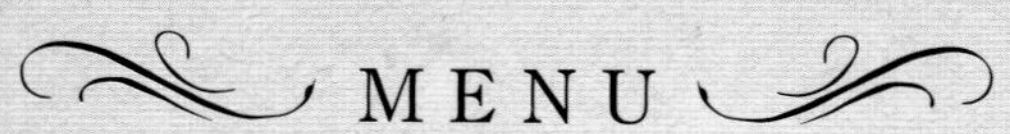

MENU

序章
カップラーメン
10

第一章
ネズミ肉串と小籠包
27

第二章
肉まんとアジのなめろうブルスケッタ
74

第三章
横須賀カレーと不完全すいとん
121

第四章
西紅柿炒鶏蛋とカップラーメン
192

第五章
あの日と今日の、カップラーメン
229

終章
丸く美しい握り飯
286

弥登ははっとして、今度は顔を青くさせた。

「嘘でしょ、私、私今、インスタント食品を美味しいって言ったの⁉」

「美味いもん食ったときは美味いって言うのが人間さ」

男がからかってくるかと思いきや、思いがけず穏やかな顔でそう言ったので、弥登は思わず拍子抜けしてしまう。

最初と変わらぬ勢いで食べきった弥登は、満足したように大きく息を吐いた。

弥登の食べ終えたごみを回収し、後片付けをしている男を黙って見ていると、やがて眠気が襲ってきた。

男とこの小屋で過ごして既に三日目であることを思い起こす。

「ねぇ」

「ん？」

「どうして私の事、見捨てなかったの」

「何の話だよ」

「インスタント食品を持ち運んでるアディクターにとっては、食料国防隊員は敵でしょう」

「別に好きでアディクターなんかやってるわけじゃないからな」

男は何でもないことのように言う。

「あとは怪我してる奴を見捨てる人間にはなりたくねぇし、何よりお前、死ぬほど腹減ってるように見えたからさ」

「お腹？」

「ああ。腹減ってる奴に腹いっぱいになって笑顔になってもらえたら、嬉しいだろ」

「……何それ」

弥登はついおかしくなってしまって、小さく口の端を上げた。

「眠かったら寝ろよ。怪我してんだから体力は落ちてるはずだ。食ったならしっかり寝ろ」

「……ええ、そうさせてもらうわ」

弥登はまた固い床に横になる。寝袋も毛布も無いが、男が見つけてきたベニヤ板のおかげでこの凍死しそうな床の上でもなんとか眠れていたことに今気が付いた。

男はいつ追手がかかるかも分からないこの荒天の中、弥登の看病をし続けてくれたのだ。

「あなた、名前は？」

「何だよ尋問か」

「違うわよ。名前が分からないと、その……お金、払いに行けないでしょ」

男は少し困惑したように弥登を見てから、小さく口を開いた。

「仲間は俺をニッシンと呼ぶ」

「そう」

弥登はそれ以上聞かなかった。

捜査員と犯罪者である以上、ニッシンと名乗った男の本名を知ることは不可能だろう。

「寝る前に、言っておきたいことがあって」

「何だよ」

「ごちそうさま。ニッシン」

弥登はそう言うと痛む足を庇いながら寝返りを打ち、ニッシンと名乗った男に背を向けた。

「ん。お粗末様でした」

ニッシンが後片付けをする音を聞きながら、弥登は足の痛みが少し強くなったように感じた。恐らく腹に物を入れたことで血流が増したためだろう。

だが痛み以上に強い眠気が弥登を襲い、意識が急激に遠のいた。


気が付くと、弥登は小屋の中で自分が一人取り残されていた。

三日間降り続いた雨は上がって割れた窓から日光が注がれ、鳥の鳴き声が聞こえる。

「ニッシン？」

呼びかけてみるが、返事はない。よく見るとニッシンが使っていたバックパックも消えていた。

怪我の痛みをこらえて立ち上がり壁伝いに小屋の外に出るが、やはりニッシンの姿はなく、駐機していたヒュムテックもどこにもなかった。

　木々が落とす朝露に日光が降り注ぎ、土と木の匂いが柔らかく香っている。

　そしてそんな朝の爽やかさを吹き飛ばすように、ヘリのローター音が近づいてきた。

「食料国防隊……」

　雲一つない空から真っ直ぐ弥登に向かって近づいて来るのは、食料国防隊のヘリだった。

『矢坂係長！　無事でよかった！　すぐに救助隊を下ろします！』

　弥登はヘリから身を乗り出した隊員に手を振って了承の意を示した。

　そのとき思わず小屋の中を振り返った。

　自分でも何故振り返ったのか、分からなかった。インスタント食品の痕跡が見つかったら大変だ、という思いがあったことは間違いなかった。

　そんなことを思った自分が信じられなかった。

　だが、弥登の不安を払拭するかのように、この小屋は弥登以外の人間がいた痕跡は一切存在しなかった。

　だが、彼は間違いなくここにいた。他でもない弥登の胃袋が、それを証明していた。

「……また、会えるかしら」

　決して誰にも聞かれてはならないその言葉は、しんしんと冷えたコンクリート造りの小屋の中でカップラーメンの湯気よりも、朧に儚く消えたのだった。

※

二〇七四年。冬。

食料国防隊の第一次三浦半島食料浄化作戦は、旧横須賀エリアに於けるアディクター集団、シンジケートの苛烈な抵抗に遭い、多くの死傷者を出した末に事実上の失敗に終わった。

南関東州食料国防隊鎌倉署所属、矢坂弥登係長率いる部隊も大楠山のアディクター拠点制圧に失敗し壊滅。

食料国防戦線を逗子・金沢ラインまで後退させざるを得ず、改めて三浦半島の食品衛生環境汚染の深刻さを露呈する結果となった。

政府と食料国防庁、食料国防隊南関東州本部は事態を憂慮するも、組織の再編は急務であり、多くの人事異動が発生。

結果、三浦半島の食品衛生環境は汚染されたまま放置を余儀なくされ、第一次三浦半島食料浄化作戦は日本の食料国防史に残る汚点となり、以後食料国防隊は威信を取り戻すために全隊を上げての綱紀粛正、組織の強化に邁進することとなった。

その歴史的汚点となる事件から、九ヶ月の月日が流れたある秋のこと。

第一章　ネズミ肉串と小籠包(しょうろんぽう)

旧神奈川県の三浦半島北東部に、海岸通りと呼ばれる、横須賀市街から観音崎に向かって海沿いを真っ直ぐ伸びる道路が、かつて存在した。

戦争中は軍需品が行き交う戦車道として使われたのも今は昔。

アスファルト舗装がひび割れ雑草に持ち上げられ砲弾の穴が放置され走れなくなった戦車が放置されて野生動物の住処(すみか)となる、かつて道だった場所がそこにあるだけだった。

晴れた日には対岸の房総半島の工業地帯の廃墟(はいきょ)を見ることができる。

その旧海岸通りの堰堤(えんてい)に腰かけ、ニッシンは古びた竿(さお)を海に垂らし大きく欠伸(あくび)をした。

「今日は駄目かあ」

さほど真面目に釣りをしていたわけでもない男は目じりを拭って竿を上げると、立ち上がって大きく体を伸ばす。

「土産持ってってやりたかったんだがなぁ。ま、釣れなかったもんは仕方ない」

ニッシンは堤防から降り、下に停(と)めてある原形をとどめないほど適当に改造されたオフロードバイクに跨(また)がり、ヘルメットをかぶってエンジンをかけて旧海岸通りを西に向かって走り始めた。

秋風の冷たさに首を竦めたとき、途端にポケットの中でスマート端末が鳴ったため、ペアリングしているヘルメットのスマートバイザーを使って通話を取る。

『ちょっとニッシン！　もう約束の時間だけどどこにいんの⁉』

途端にエンジン音に負けない怒号がヘルメット内部に響いて危うくハンドル操作を誤りそうになった。

「あー、悪い悪い。土産の一つも用立てようかと思ったんだけどな。ボウズでさ」

『ニッシンに釣りの才能は無いんだから本当やめなよね！　今日の鳳凰軒はニッシンの奢りだかんね！　早く来てよ！』

通話が切れたノイズにニッシンは顔を顰めた。

溜め息を吐きながら、ニッシンはバイクのスロットルを吹かして、気持ち急いだ。

道路の状態もバイクの状態も決して最良ではなかったため、スピードはさほど上がらなかった。

「あー、腹減った」

※

二十一世紀初頭に既に問題となっていた人口減と少子高齢化問題を解決できないまま、日本

「こちらのお店に王老吉は……」

「は？」

メニューにないものを呟いた弥登にウェイターは怪訝な顔をし、弥登も慌てて首を横に振る。

「いえ、冷たいジャスミンティーをお願いします」

「かしこまりました」

ウェイターが下がると弥登は小さく溜め息を吐く。

「小森署長。お腹には余力を残しておいてくださいね。この店の北京ダックは絶品だが、実は担々麵こそがこの店の真髄でね。ちょっとよそでは食べられない味だから、楽しみにしていてください」

「ほー！　担々麵ですか！　私、辛いものには目がなくて、楽しみですな！」

「……」

実は弥登がこの店で食事をするのは初めてではない。

食料国防隊に入る前は、父のお気に入りの店として幾度も家族で来たことがある。

当然父お勧めの担々麵は弥登も食べたことがあり、確かに美味しいことは間違いない。

間違いないのだが。

「……はあ」

先ほども、つい王老吉などと口走ってしまった。

担々麺に限らず麺類の食べ物を見聞きしただけで、どうしても思い出してしまう。

九ヶ月前、大失敗に終わった三浦半島浄化作戦のときに口にした、あのカップラーメンを。

醬油味とカレー味。

あのやたらと甘い中国茶が王老吉という中国の伝統飲料だと知ったのはあれから三ヶ月もしてからだった。

「失礼いたします。白身魚と茄子の山椒揚げでございます」

そこに新たな皿が運ばれてくる。

柔らかく分厚い白身魚と茄子を山椒と香味油でさっと揚げた、香り高い一品だ。

白磁の高級食器に盛られたそれを見た弥登の瞳にフラッシュバックするのは、缶詰を直接炙ったあのオイルサーディンの缶詰だった。

食料国防隊員として、それ以前に一人の日本国民として、恥ずべきことだ。

だがそれでも忘れられないのだ。

あのニッシンという男に分からされてしまった、あの味を。

干上がりかけた命に慈雨の染み渡った、あの得も言われぬ満足感を。

違法なインスタント食品と比べるなど、龍魚楼の一流シェフに対する侮辱以外の何物でもない。

この思いを誰かに知られれば、弥登は罷免。父にとってもスキャンダルとしてキャリアの大きな傷となるだろう。

アディクター予備軍として危険思想の矯正プログラムにかけられてしまうかもしれない。

だがそれでも、忘れられないのだ。

「ジャスミンティーでございます」

そのとき先ほど注文したジャスミンティーが弥登の前に置かれる。

弥登は小籠包の脂と危険思想を押し流そうと、大きくジャスミンティーを口に含んだ。

あのただ甘いだけの缶飲料に比べれば、今この瞬間に弥登の鼻腔(びこう)をくすぐる華やかで甘い香りと秋晴れの空を思わせる爽やかな苦みのなんと素晴らしいことか。

それなのに、満たされない。

「弥登、やはり何か、心配事があるようだね。先ほどから顔色がすぐれないが」

父の目は誤魔化せないのか、やはり憂鬱な気持ちが顔に出てしまっていたのだろうか。

弥登は慌てて思考を回転させ、何でもないことのように言う。

「申し訳ありません。部下達はちゃんとやってくれているかな、と。お父さんも署長もご存じの通り、このところ磯子から金沢八景にかけての地域で、大勢のアディクターを逮捕していますす。中には武装したアディクターもいるので、部下が気を張っているときに隊長である私だけ美味しいものを食べているのが、何だか申し訳なくて」

我ながら白々しいが完璧な言い訳をしたと思う。

幸いにして署長は弥登の言うことを全く疑う素ぶりもなく、

「君は少し働きすぎだ。上の人間が休まねば、部下も気が休まらないものだよ」

と、何の創意工夫も無い使い古されたアドバイスをくれた。

「仕方ありませんよ署長。若いうちに責任のある立場に立つと、気が急くものです。何なら、部隊の方にお土産を持たせよう。直属の部下は何人いるんだい？」

「矢坂隊長の部隊である警備三課ヒュムテック隊は八名です。優秀な隊員達です！」

弥登が応える前に署長が息巻いてそう言い、父も納得してウェイターに手を上げた。

会話の流れを把握していたプロのウェイターは余計な会話はせず、

「当店のお土産用黒豚肉まんを八つ、お包みしてよろしいでしょうか」

父に確認だけして了承を得る。

「娘に八つ。署長に四つお包みしてください。確か署長は奥様と娘さんお二人の四人家族でしたよね」

「あ、いやこれは、恐れ入ります次官。私なんかに……」

「鎌倉署全員分は、さすがに私も破産しちゃいますからね。個人的なお土産ってことで」

次官に自分の家族構成を把握されていたことがそんなに嬉しいのか、署長はしきりにいやはやと意味の無い息を吐いている。

弥登はそんな様子を、どこか遠い目で見ていた。

鎌倉署全員分に肉まんを買えば破産する、というのは大袈裟(おおげさ)でもなんでもない。

高級中華料理店の持ち帰り肉まん。値段を見てはいないが、恐らく一個三千円は下るまい。

小籠包とはまた違った満足度の逸品なのだろう。

父と署長はそんなもののやりとりを当たり前のようにし、かく言う弥登自身も、九ヶ月前までそういった食べ物を当たり前に口にする自身の環境に一切の疑問を抱いたことがなかった。

食べ物は、高いものだ。

最低限度の健康的で文化的な生活を維持するための食料品は、高いものなのだ。

『殺してやる‼』

弥登の脳裏に、逮捕した名も知らぬアディクターの罵声が響く。

『あなた達の綺麗(きれい)ごとでどれだけの人間が死んだと思ってるの‼』

身の程をわきまえない犯罪者の、官憲に対する取るに足らない理不尽な罵声だ。

悪いのは、法に違反する食料品を持ったり食べたりしていたアディクターではないか。

『お前が守りたい法律は、お前の命を投げ出す価値があるものか？』

「っ……」

大楠山で救助されたあとの精密検査では、軽い脱水症状と栄養失調と診断された。

足の傷を考えれば奇跡だと医者に言われたが、もしあのときニッシンの差し出すカップラーメンを食べなければ、自分はどうなっていただろう。

人間は簡単には餓死しない。水さえあれば一週間は生きていられるという定説もあるし、足に銃創を負っていたことを加味しても、多少復帰が遅れるだけで、命の危険にまでは至らなかったはずだ。

だが。

あのとき弥登は恐怖に負けたのだ。

空腹の恐ろしさ。飲まず食わずの体が発する危険信号が精神を弱らせ、差し出されたものを口に入れてしまった。

『人間、三日くらい飲まず食わずでも死にはしない』

もしあの日、大楠山での出来事が明るみに出れば、弥登を攻撃する者の多くがこの論法で攻め立てるだろう。

『そんな誘惑にかられて違法な食品を口に入れるなど、人間として恥ずかしい行為だ』

「何も……知らないくせに」

食べられるものが無い恐怖。食べられるものが次にいつ自分の前に現れるか分からない恐怖。それでも体が行う代謝の結果、糞尿(ふんにょう)を垂れ流し痙攣(けいれん)を起こし自分の体に次々と異常が発生することを自覚する恐怖。

三日くらい飲まず食わずでも生きていける。

こんなことを宣(のたま)う者の一体どれほどが、真実『水も食料も無い』環境に『三日くらい』の間、

「実績のあるアディクターに対する雪辱を果たす……それは、つまり」

署長も戦慄した表情で北京ダックを摘まんだ。

「ここだけの話ですよ。署長も聞かれたその噂……本庁では秘匿コードで呼ばれています。その計画開始に先立ち、昨年の雪辱を果たしていただきたい」

「第二次……三浦半島食料浄化作戦ということですね？」

「第二次、と言うと第三次があるようにも思えてしまいますし、一次が失敗したようにも聞こえます。まぁ小役人らしい発想ですが、作戦内容は同じでも、作戦名は変えた方がいい」

「と仰いますと」

「ここだけの秘密ですよ。秘匿コードですから」

重臣は悪戯っぽく微笑んで、言った。

「秘匿コード、メシトピア。第二次三浦半島食料浄化作戦が成功すれば、結果的に第一次メシトピア作戦として食料国防隊の歴史と記録に名を残すことになるでしょう。今日は小森署長と鎌倉署にその先駆けを務めていただけるよう、具体的な話をしたいと思っています」

「……勿体ないことです。是非とも」

栄達と出世の気配に、小森署長の食欲は俄然沸き立った。

「本日はお越しいただきありがとうございました」

店の入り口ではマネージャーらしき人物が見送りに出てきて、その手からは店のロゴが入った紙袋が差し出されていた。

恐らく父が注文したお土産の肉まんだろう。

「あ、それは……」

「お邪魔なようでしたらお客様のご自宅にお送りすることもできますが」

その場合、ここでわざわざ自宅住所の入力の手間を取られ、部下との合流が遅くなる。

「いえ、いただいていきます。折角のコースを、最後まで食べられず申し訳ありません」

「恐れ入ります。またのお越しをお待ちしております」

マネージャーに見送られ、タイトスカートに有名レストランの紙袋だけ見れば、今から戦場に向かう人間とはとても思えないだろう。

弥登が端末を操作すると、ものの三分で弥登の『相棒』がやってきた。

武装官憲用六脚機動ヒュムテック『H―20型』、通称『ゲンジボタル』。

市街地や廃墟の細かい道を動くための小回りの利く細身のボディと制御と、そしてアディクターの反撃をはじき返す強度装甲を備えた新型のヒュムテックだ。

高価な機体なので鎌倉署にも四機しか配備されておらず、その全てを弥登の部隊で運用している。

「古閑さん。追跡データを送ってください」

『了解』

弥登のゲンジボタルが中華街を静かに出動する。新山下インターから首都高に上がり三渓園から降りるルートを設定。

高速道路で自動運転に切り替えてから、古閑から送られてきた画像データを確認する。かなり遠方から撮影したものらしい。松葉ガニやヤドカリと呼ばれるタイプの、日本中どこにでもあるヒュムテックだ。

だがヤドカリの方はかなり改造が施されているようで、特徴的なフロントノーズの形状が無ければ分からないほどだ。

そして、そのスマートなフロントノーズと不釣り合いな、まるで泥棒が背負う唐草風呂敷のような格納庫増設改造が、弥登の記憶を刺激した。

「これって……もしかして……！」

弥登は自動運転を切ると、赤色灯を点灯させて手動運転に切り替え、高速道路をゲンジボタルの限界速度で驀進した。

「もしかして！」

猛烈な速度で走る武装ヒュムテックに怯えて道を開ける自動車やトラックの間を、弥登は必死の形相で走り抜けた。

『やー大漁大漁！　たった三十万円でこれだけ色々手に入れれば、しばらくご飯の心配はいらないね！』

※

環状2号の屏風ヶ浦(びょうぶがうら)バイパスを西方向に進みながら、明香音はご満悦の様子だった。

恐れていた金沢エリアを通ることなく根岸港に到達。

台湾の密輸業者は明香音以外にも複数のアディクターに連絡を取っていたらしく、中には北関東からやってきていたアディクターもいて、一大闇市が開催されていた。

当初は鎌倉署の新部隊を警戒していたニッシンも、途中からは自分も取り引きに嚙(か)みに行き、美都璃のために持ち帰る食料の他に、自分の先々の蓄えのために個人的な取り引きをいくつか行い、ヤドカリのコンテナを八割がた埋めることができた。

帰りは日野のインターチェンジ跡から高速道路に乗り、六浦あたりから山に入ってその後は横須賀までひたすら山の中を進むことになる。

「油断すんなよ。行きが大丈夫だったからって帰りも大丈夫とは限らない」

『分かってる。でも六浦まで抜けられれば隠れながら進めるところはいくらでもあるし、今のうちにちょっと気ぃ抜いておかないと山越えがしんどくなるもん』

美しく強い『姉妹』がニッシンを想って泣いていることを、本人は知る由もない。

端木はここにいないニッシンに心からの悪態をつく。

と、そのときだった。

静かなエンジン音が、遠くから聞こえてくる。

悲しみに沈んだグレーチングストリートの住人がふと顔を上げ、そしてすぐに信じられないものを見た顔で息を呑み、泣き崩れる明香音と美都璃の肩を激しく叩いた。

「……え？」

明香音と美都璃もざわめき始めた周囲の様子に真っ赤な目で顔を上げ、すぐに気付いた。

聞き覚えのあるエンジン音だ。旧式のハイブリッドだが、よく整備されたエンジン音。

多脚ヒュムテック特有のきしみが風に乗ってやって来る。

早朝の横須賀の廃墟を日の出が照らし、まるで花道を進む千両役者の如く、そのヒュムテックはゆっくりとグレーチングストリートに戻ってきた。

『何だ？　明香音も今到着したのか。よく無事だったな』

明香音は弾かれるように立ち上がり、美都璃も一瞬遅れて明香音に続く。

二人は近づいて来るヒュムテックに駆け寄ると、停止した足によじ登り始めた。

「ニッシン！　ニッシン‼」

「あ、明香音ちゃん気を付けて‼」

はまた変わって来るけどな」

「そういうものかしら」

「そういうもんさ。インスタント食品は食い続けりゃそりゃあ体に悪いことは多いだろうが、体に良いって言われてる無農薬野菜だって、それしか食わなくなったら結構な確率で健康を損なう。海外じゃ、親のヴィーガン食に付き合わされた乳幼児が栄養失調で死んだなんて話はしょっちゅうあるだろ」

「それはそうだけど」

「でも日本の食安法では、親にヴィーガンを強制されてる乳幼児に野菜じゃ取れない栄養を含んだインスタント食品を与えたら罪になって、食防隊に逮捕される。嫌な話だ」

弥登が黙ってしまったので、ニッシンは肩を竦める。

「そろそろ着くぞ」

弥登が顔を上げると、コックピットのモニターに映る景色が変わっていた。

いつの間にか海抜の高い丘の上に出ていて、そこからまた下り坂を過ぎ、右手に山、左手にかつては漁港であっただろう小さな湾が見えた。

「ここが？」

「ああ、走水。大戦中は防衛が間に合わず基地化もされないまま戦場になって街全体が廃墟になった」

丘陵の斜面に沿った市街地に比べ古い家屋や破損した廃屋が多く見られた。

崩壊した神社を右手に通り過ぎ、やがて鉄骨造りらしい集合住宅の前でニッシンはヒュムテックのスピードを緩める。

かつては入居者の自家用車が並んでいたであろう雑草だらけの駐車場に無造作にヒュムテックを停めるとひらりと地面に降りる。

だが、弥登がなかなか降りてこない。

「おい、どうした」

「ご、ごめんなさい、丸まってたら、足が痺(しび)れちゃって……助けてもらえる？」

「どんだけ世話が焼けるんだ」

ニッシンは半ば呆れながらシート裏にはまり込んだ弥登を助け出す。

「ご、ごめんな……きゃあっ？」

コックピットから出ようとして、痺れて力の入らない足が地面に降りた途端にがくりと崩れ、ニッシンが抱き留めた。

「ご、ごめんなさい」

「本当に食防隊の幹部隊員なのかよ」

顔を真っ赤にする弥登の腕を取って立たせ、落ち着くまで支えてやる。

「あの、もう、大丈夫だから」

顔を赤くしたままニッシンを軽く押し返す弥登。

「ん。そうか」

何でもないように踵を返すニッシンの背を、弥登は半目で睨みながら、火照る頬を軽く叩いて後に続いた。

様式が古い以外は何の変哲もないマンションの一室のようだ。

四階建ての三階の角部屋。当たり前だが表札の類は一切掲示されていないが、一つ手前の部屋には弥登の聞き覚えのある『イーストウォーター』という手書きの板が打ち付けられていた。

「これってもしかして」

「ああ、明香音や美都璃やガキどもが来たときにはそっちに泊らせてるんだ」

「イーストウォーターの子供達が来ることもあるの？」

「ガキには美味いもん食わせてやりたいしな。あと、釣りは明香音達の方が上手いし」

「はぁ」

「弥登は今夜はそっちの部屋で寝てくれ。俺と一緒に寝ろなんて言わんから安心しろ」

「そういう事を言うから明香音さん達に色々誤解されるんじゃないの？」

弥登の落ち着いたはずの頬がまた熱くなる。

「あー、そうかもな。今日は色々疲れた。メシにしよう」

だがニッシンは本当に疲れたようにおざなりに言うと、部屋に入って行ってしまう。

「もう！」

弥登は慌てて後を追い、ニッシンの部屋へと入った。

「……」

室内は、外観に輪をかけて普通だった。

板の間の廊下沿いに、トイレや風呂(ふろ)場のためと思(おぼ)しきドアがあり、その奥に目隠しの暖簾(のれん)を張った引き戸がある。

ニッシンがその引き戸を開くとその奥はダイニングルームで、使い古されているが清潔なクロスが敷かれたテーブルと、椅子が四脚整然と並んでいた。

弥登が意外に思ったのは、ダイニングテーブルの中央に美しい花の生けられた一輪挿しが置かれていたことだった。

しかも明らかにクロスやテーブルの色に合わせた雰囲気の花が生けられている。

その柔らかい雰囲気は、ニッシンの人柄に合う合わないではなく、個人宅のダイニングとしてやや雰囲気が偏っている気がしたのだ。

弥登は横浜シェルターのカフェの一角にありそうな雰囲気に少し戸惑った。

「適当に座ってくれ。今メシを用意する」

「……はい。失礼します」

またつい敬語になった弥登。一番手前の椅子を引いて腰かけると、ニッシンは古めかしいスイッチを押し、室内に照明を灯した。

「電気が来ているの？」

「屋上にソーラーパネルと蓄電池が置いてある。電気がなきゃ冷蔵庫が動かないしな」

そう言えば、キッチンに入ったとき冷蔵庫独特のモーター音が聞こえていた。

建物の外観はかなりガタが来ていたが、中はかなり整備されているらしい。

ニッシンはあくびをしながら、旧いがなかなかに大型の冷蔵庫を開けると何かをぶつぶつ言いながら中身を検分し始める。

「こっちは、まだ大丈夫だな。これは煮込んじまうか。野菜はもう食っちまわないとだめだな。あー米無いのか。しまったな……。悪い、米切らしてんだ。パンでいいか」

「あ。はい、なんでも」

「ぱぱっと作っちまうから」

そう言うと、ニッシンは手狭だが清潔なキッチンに向かうと、手早く作業を始める。

冷蔵庫から取り出したいくつかの魚を手早く捌（さば）くとみじん切りにした大葉や生姜（しょうが）とともにタタキにしてなめろうをこしらえ、ネギやワカメを煮たお湯に味噌を溶かし味噌汁（みそしる）を作る。

やや褐変したレタスを適当に千切って、余った人参をピーラーで削って千切りにしそれらを適当にまぜる。

最後に固そうなフランスパンをスライスしてトースターで軽く焼き、それらを皿にのせて弥登の前に並べた。

「なめろうと……バゲット？」

「案外合うんだぜ。ただ味噌汁じゃなくてコンソメかなんかにするべきだったかもな。あるもんで作ったから、きちんとした取り合わせ作るなら明日以降だな」

弥登は驚いた。

アディクターと侮（あなど）っていたわけではないが、ニッシンの食卓が何もかも一から作られるものだとも想像していなかった。

見ている限りではインスタント食品らしきものも一切なく、生野菜と生魚から作られた和風ブルスケッタとサラダと味噌汁。

横浜シェルターのイタリアンカフェにも出てきそうなライトミールだ。

「……いただきます」

「いただきます」

テーブルで向かい合った二人はそう言い合って、温かいバゲットの上になめろうを乗せて齧る。

温かいバゲットが冷たいなめろうにまぜられた生姜と大葉と魚の脂の香りを強く引き立てている。

疲れた体に大葉の香りとなめろうの塩気、軽い歯ざわりのバゲットが食欲を引き立て、パンくずをこぼしながらも食べる手が止まらなかった。

「野菜はちょっと古くなってるが、マヨネーズかドレッシングかけて食ってくれ」

ニッシンが冷蔵庫から取り出したのは、清潔そうなガラス瓶に入ったどうやら自家製のマヨネーズとドレッシングのようだ。

「こっちは大葉の和風ドレッシングな。色々大葉味ばっかりなのは、栽培が簡単なだけだから勘弁しろ」

「いいえ、美味しいわ」

レタスは確かに褐変していて苦みが強くなっていたが、ドレッシングをかければ特に気になるほどのものでもなかった。

味噌汁も、バゲットはともかくなめろうとの味わいとはマッチするので、ネギの香りが疲れた胃に深く染(し)みわたる。

「ごちそうさま。本当に美味しかったわ」

量は決して多くない。予想だにしない手作りの食卓。

それでも弥登の満足感は、龍魚楼の高級中華を食べたときよりも圧倒的だった。

味もそうだが、食べ始めて食器やカトラリーも、こだわって用意されたものだということに気付いた。

クロスに小さな花のステッチが刺繡(ししゅう)されているのだが、そのクロスに合わせた食器が用意されているのだ。

「ちょっと気になったことがあるんだけど」

「インスタント食品が一切ないことか？」

「え？　あ、ええ、それもそうなんだけどね」

弥登が聞きたかったのは調度品や食器やクロスの取り合わせのことなのだが、それも確かに気になる点と言えば気になる点だった。

「インスタント食品は商売道具だ。自分でも食わないわけじゃないが、よっぽど疲れてる日とか体調が悪い日でもない限り、自分で食うことは無いな」

「体調が悪い日にインスタント食品を食べるの⁉　そういうときこそちゃんとしたもの食べなきゃいけないいんじゃないの？」

明らかに矛盾しているとしか思えないことを言うニッシンに弥登は驚くが、ニッシンは呆れたように眉を顰めた。

「あのなぁ。一人暮らしで体調崩したらちゃんとしたメシ作る気力なんか出るわけないだろ。そういうときのためにパパっと手軽に食えるのがインスタントのいいとこだろうが」

「いいとこ、いいとこ……うん、まぁそうね」

カップ麺の味を忘れられないこととインスタント食品が違法なものであるという概念が弥登の中で争っていて、単純に納得できない。

「何年か前にとんでもねぇ熱だして寝込んだときは、ほとんど水しか飲めなくてな。あのときは栄養クッキーを水で流し込んで何とか生き抜いた感じだったぜ」

「……そ、そう」

弥登にはとても想像できなかった。

「さ、食ったら後はもう寝るだけだが、悪いけど客用の寝間着だの歯ブラシだのは無い。済まんが今日は本当色々我慢しろ」

とても想像できないことを言ったかと思えば、急にそんな普通のことを気にしたりする。

弥登はついおかしくなってしまった。

「私は捕虜みたいなものなのに、そんな贅沢をお願いできる身分じゃないわ。明日からお仕事を手伝うから、ご厄介になっている間の生活は、全部あなたに従います」

「ん。まぁ最初は色々言ったが、手伝ってもらえんなら助かることも色々ある。明日から早速よろしくたの……ふわあああ……うー」

ニッシンは椅子の上で大あくびをする。

「眠そうね」

「今考えりゃ昨夜一睡もしてないからな。俺は寝る。さっきも言ったが寝るなら隣の部屋使ってくれ。風呂浴びたいならシャワーだけならお湯が出るから使ってくれ。俺はちょっとマジでしんどくなってきたから寝る。食器は明日朝に洗うからほっといてくれ」

「それくらいなら私が……」

「いや、朝の方がソーラーパネルで水のポンプの動きがいいから、むしろ夜の内はやめてくれ。そんじゃな。お休み」

眠気を自覚すると、急激に疲労が増大したのだろう。ニッシンは早口に言うと弥登の返事も聞かずに、ダイニングの隣の自室らしい部屋に引っ込んでしまった。

ダイニングに取り残された弥登は目を瞬く。

自分で言ったように実質捕虜とその監視役の間柄のはずなのに、ニッシンが弥登に刺した釘と言えば、夜の間はキッチンの水道を使うな、ということだ。

「それなのに、シャワーはいいの？」

正直なところシャワーを浴びられるのはありがたいのだが、着替えが無いことを考えると、今日の所は我慢しておいた方がいいかもしれない。

「顔だけ、洗わせてもらおうかしら……ふぁ……」

弥登も、昨夜の勤務を終えて父と署長と食事をしてからの横須賀入り。その後シンジケートの尋問だったので、ニッシンと同じくらいの時間起きっ放しだったのだ。

ダイニングを出て廊下のドアを開けると、やはり清潔に整えられた洗面所とトイレがある。

洗面所には固形石鹸があり、特にトイレは水洗機能が生きているようでほっと胸をなでおろした。

固形石鹸では限界はあるが顔を洗って化粧を落とし、うがいをしてから窓の外を見る。

完全に陽が落ち外は夜だ。

「ニッシン、あの……あ」

寝る前にニッシンに声をかけようと思って引き戸を恐る恐る開けると、ニッシンは着ていた装備をきちんと脱いで部屋の隅に畳み、寝間着に着替えてから布団に横になっていた。

既に強めの寝息を立てており、完全に眠り込んでいる。

「……」

衣装箪笥と小さな本棚。窓のカーテンは日に焼けている。

古い、普通の家。

現代日本が銃火器を用い、ヒュムテックでもって生死を問わずで狙うアディクターの家。

弥登は一度ドアから出る。

海抜が高いせいなのか、見た目よりも海から離れているせいなのか、あまり海の音は聞こえなかった。

イーストウォーターの表札を横目に見ながら弥登は部屋の中に戻る。

そしてニッシンの眠る部屋に静かに入ると、何も敷いていない畳の上に身を横たえ、ニッシンの方を向いて横になった。

「私、何してるんだろう」

食料国防隊員として間違いなくキャリアを棒に振る行いだった。

それでもあの日インスタント食品で命を繋いでから抱えていた心の靄を晴らすためには、偶然出会ったニッシンについていくことが必要だとあの瞬間に思ってしまったのだ。

シンジケートでのやり取りを聞くまでもなく、自分がとんでもない浅慮を働いたことは自覚があるし理解もしている。

きっと今頃鎌倉署は大混乱だろう。

報道されていればシンジケートが何も言わないはずがないので、恐らくまだ自分の行方不明は公にはされていないはずだ。

崖下に落ちたヒュムテックは発見されただろうか。

ヒュムテックの値段は一台五千万円から一億ほどだと聞いたことがある。

「もうこのまま横須賀に住んじゃおうかな……」

服務規程に反してニッシンや明香音を逃がしたり、古閑に嘘の連絡をしたり、一人で横須賀に乗り込んだりする中で最も肝が冷えたのが、ヒュムテックの値段を思い出した今の瞬間だった。

朝比奈のトンネルで組み合ったのがニッシンではなく明香音の方であったら、きっとこんなことにはなっていなかっただろう。

弥登は届かない場所で横になるニッシンに、少しだけ手を伸ばした。

「私はきっと……」

大楠山の変電所の小屋に救助が来たとき、既に弥登は、ニッシンが仲間に見つかってはまずい、と考えていたことを思い出す。

「あなたに……もう一度会いたかっただけなのかもね」

次の瞬間、急激に押し寄せた眠気に抗(あらが)えず、弥登の手はぱたりと畳に落ち、小さく寝息を立て始めたのだった。

※

食料国防隊鎌倉署の警備三課はあらゆる意味で沈み込んでいた。

丸一日経(た)っても弥登の行方は分からず、高速道路下から引き上げられたヒュムテックには有用なデータは残っていなかった。

警備三課の副隊長、古閑慶介(けいすけ)はそれでも何かのヒントが残っていないかと、格納庫で弥登のヒュムテックを検分し、データの抽出に躍起になっていた。

元々端整な顔が徹夜によって乾いてクマが浮き、普段しっかりと公務員らしく整えられている髪もばさばさになってしまっている。

「古閑さん、少し帰って寝てください。昨日から一睡もしてないんでしょう?」

「……」

署の格納庫で完徹している古閑に、同じくヒュムテック隊の同僚であり部下でもある松下真優が声をかけてきた。

古閑とさして変わらない長身に、長い髪をアップに纏め、本人の好みなのか赤いアンダーリムの眼鏡をかけている。

「まだ全部のデータを洗いきってない」

「引き継ぎます。眠れないならせめてシャワーくらい浴びてきてください、結構臭いますよ」

「む」

「矢坂隊長は結構そういうこと気にされる人ですよ。それに別件で出動なんてことになったら、そんな状態の人にヒュムテックを使わせられません！　そしたら六人で鎌倉管内を制圧しなきゃいけなくなるんですよ！」

「……………分かった。一旦着替えに戻る。悪いな。代わりに……」

「分かってます。データ収集と署長への対応は私がやります。とにかく古閑さんは一度帰って下さい！」

真優に追い立てられて、古閑はふらふらと格納庫から外に出る。

薄い雲がかかった空は決して眩しくないはずだが、ずっと薄暗い格納庫でモニターを睨んでいたので今更目の乾きを自覚する。

同時に急激に眩暈にも似た疲労がのしかかってきた。

「隊長……一体どうしたっていうんです……」

朝比奈のトンネルから追跡したアディクターに間もなく肉薄できると思った瞬間、突如として弥登の機からエマージェンシーコールが飛んできた。

単純なヒュムテック同士の格闘戦能力なら署内随一の弥登があんな旧式を相手に苦戦させられるとは考えづらかったが、冗談でエマージェンシーコールを発するような人間でもない。

松葉ガニの追跡を断念して朝比奈のトンネルに戻ってみると、弥登の機も敵アディクター機も影も形も無く、コールにも応じず、崖下に弥登機が落ちているのを発見するまでに二時間以上もかかってしまった。

ヒュムテックのコックピットに重篤な破損やこじ開けられた様子はなく、血痕などの弥登が負傷した形跡もない。

理由は不明だが、弥登は何らかの理由で自分の意志でヒュムテックを降りたのではないかと古閑は考えていた。

「だから一体どんな理由があればあの隊長がアディクターを目の前に自分からヒュムテックを降りるって言うんだ！」

古閑の機体に、弥登が対峙した敵アディクターの映像が僅かながら残っていた。

多少の改造が施されてはいたものの、走攻守のあらゆる面に於いて食料国防隊のH―20型が

「最善は尽くしますが、すぐにという状況でもありません。地道な捜索が必要な状況です」

「そんな時間は無いんだ！　いいか、警備三課以外には、絶対に口外するなよ!?」

今にも卒倒しそうな署長は周囲を窺うと、声を潜めて念を押すように言う。

「一週間以内に、本庁主導で、第二次三浦半島食料浄化作戦が開始される。鎌倉署が先鋒隊を務めることになっている。矢坂君が不在だと知れれば、作戦にどんな影響が出るか分からんのだ！　鎌倉署の解体だってあり得る！　君も慣れた職場を失いたくないだろう!?　いいか！　署長命令だ！　警備三課のメンバー以外には誰にも知られず一秒でも早くに矢坂隊長の足取りを摑み、鎌倉署に連れ戻せ！　なあ頼む！　本当に頼むよ古閑君！」

「さ、最善を尽くします」

一睡もできていないのだろう。乾いた表情で涙を流す初老の男の姿はあまりに哀れだった。

「このままではメシトピアが……作戦が……どうしてこんなことに」

訳の分からないことをぶつくさと呟きながら署長がふらふらと課を出て行き、古閑はぐったりしながら自分のデスクに腰を下ろした。

言われるまでもなく弥登を早く探したいのは古閑も同じだ。

弥登の安否よりも組織と自分の立場を守るのに汲々とする署長を、責める気持ちにはなれなかった。

本庁事務次官肝入りの作戦を任された管理職がこんな事態に直面したら、誰だってああなってしまうだろう。

だが三日以内に弥登を見つけるのは絶望的なミッションだった。食料国防隊が治安維持活動に従事できるのは食料安全維持法にかかる事案のみだ。

もし弥登が自分の意志で行方をくらました場合、誰かがその行方を捜したいと思ったときは一般的な行方不明者と同じ、警察に捜索願を提出して捜索してもらうこととなる。

例えば誰かが弥登の身柄を自宅に逮捕監禁していることが分かったとして、原因が食料安全維持法に関係しなければ食料国防隊は家宅捜索をする権利を有しない。

「クソっ‼」

署長や次官があの様子では、警察や警備三課以外の隊員にヘルプを頼むこともできそうにない。

警備三課の仕事はいつもヒュムテックで外に出てアクションゲームよろしく遭遇したアディクターを殺しまわるような単純なものではない。

ただでさえ食料国防隊の警備課、警備係の主要任務は多岐にわたる。

災害対策や災害派遣、外国人アディクター対策、国家食糧庫や州食糧庫の警備、国営農場の警備など国の食料安全環境維持の根幹を担う業務が多く、ヒュムテック隊として独立した三課も、通常の警備シフト以外では警備一課や警備二課の応援を担当することが多い。

そんな状況で他課に知られず、この半年維持した鎌倉署管内東側の治安状況を失墜させずに古閑と真優だけが弥登の捜索に専従するとしても、シフトの崩壊は必至だ。

一秒でも早く見つけろという言葉も、可能ならば無理を押してやるが、何の当てもない状況ではとても色良い返事はできない。

「…………んはっ！」

状況へのイラ立ちも、眠気を覚ますには至らないようだ。

考え事をするうちについ目を閉じかけていた古閑は勢いよく立ち上がる。

ここは真優の言う通り、一度帰宅して最低でもシャワーを浴びなければなるまい。

とても眠る気にはなれないが、シャワーを浴びれば頭もすっきりするだろう。

「まずは官舎に帰ろう……風呂に入って着替えて……状況を整理し……帰る？」

課を出ようとしたところで、古閑の足が止まる。

「そうだ……奴らは、帰ろうとしていたはずだ」

これまで弥登の取った謎の行動や異様な状況にばかり目を奪われていた。

弥登は自分の意志でヒュムテックを降りた。そして官舎にも署にも帰っていない。

ならばどこに行った？

簡単だ。相対したアディクターに連れ去られたのだ。

こんな簡単なことに思考が行きつかなかったのは、それほどに前提となる状況が異常だったからだ。

弥登が行方不明になる直前に古閑が受けた迫真の援護要請も、弥登がアディクターに苦戦させられていたという考えを補強していたので、弥登があの敵対アディクターと一緒に行動しているなどとは夢にも考えなかったのだ。

だが現実に弥登は自分の意志でヒュムテックを降り、帰ってこない。

つまり何かの理由で弥登はヒュムテックを降りざるを得ず、卑怯なアディクターにその身を拘束され、連れ去られてしまったのではないだろうか。

例えばあのアディクターが横浜周辺や根岸で誰かを誘拐しており、その人物が人質に取られた、とか、アディクターが組織的に弥登の情報を洗っていて、弥登の他人に知られたくない情報を握っていた、とか、或いは鈍重なヒュムテックの性能をカバーするために、海外から違法なＥＭＰ兵器を取り寄せ所持し、弥登のヒュムテックを一時的に機能停止に追い込んだ、とか。

自分でも想像が飛躍し過ぎているとは思う。

「でもこれくらい無茶苦茶なことでもなきゃ、あの優秀で明晰な矢坂隊長が自分からヒュムテックを降りるとは思えない」

警備三課が設立された当初、古閑は年次や階級から言っても自分が隊長に就くと信じて疑わなかった。

だが実際に課長と隊長を兼任したのは中央の七光りでやってきた若手のキャリアであり、最初こそ古閑は大いに弥登に反発した。

だがその反発はものの一ヶ月でなりを潜めた。

矢坂弥登は、掛け値なしに優秀な食料国防隊員だったのだ。

鎌倉署一番のヒュムテック操縦技術など、矢坂弥登の魅力のほんの一部に過ぎない。

深い法知識と戦術知識。自身の立場をわきまえつつも最大限利用する強(したた)かな政治力。

ノンキャリの古閑達の意見を常に尊重し重用しフランクに接し、それでいて過剰におもねることはせず、果断に物事を推し進め、叱責も躊躇わない。

そして弥登の指揮の下、たった半年で警備三課は一気に鎌倉署の花形にのし上がったのだ。

言ってしまえば古閑は、矢坂弥登の魅力にあっさりとやられてしまったのだ。

ただこれは古閑だけでなく、真優や他の隊員も同様だった。

有能さと人間的美しさが制服を着て歩いているような弥登がアディクターに囚(とら)われているならば、敵がとにかく卑怯極まりない手を使ったとしか思えないのだ。

弥登の魅力をひとしきり反芻(はんすう)してから我に返った古閑は、改めてさらわれた弥登がその後どこに連れていかれるのか考えた。答えは簡単。あのアディクター機はいずれも旧高速道路を南から北上し、根岸周辺でなにがしかの積み荷を得てまた同じルートを南に下って行った。

ということは、帰還先は最低でも朝比奈より南側。

そして朝比奈の真西に鎌倉がある以上、西側に彼らの逃走先があるとは思えない。

二機とも九ヶ月前の三浦半島浄化作戦時に目撃された機であると、H―20型がアクセスした南関東州本部のデータベースが告げている。

「松下さん！」

「わあっ⁉　何ですか古閑さん⁉　まだ帰ってなかったんですか！」

「三浦半島だ！」

「は⁉」

「隊長は三浦半島にさらわれたんだ！」

「はあ？　さらわれた？　いきなり何言ってるんですか？　あの矢坂隊長が、まさか旧式のヤドカリ使ったアディクターなんかに誘拐されたって言うんですか？」

「もう他に考えられないんだ！　何にせよあのヤドカリの乗り手が最後に隊長を見た奴には変わりない！　まずはこのヤドカリとその乗員を探すんだ！」

真優は怪訝な顔をしつつも頷いた。

「まぁ確かにそれくらいしかできることは無さそうですね。ただ、そのヤドカリの映像なら抽出できてますけど、ちょっと変なんですよ」

「何がだ」

「記録が変な所で止まってるんです。見てください。ここ……」

真優の端末が再生する映像にはヤドカリと弥登のH—20型が激突する映像が記録されている。

『無駄な抵抗はやめなさい！　その旧式の機体では我々の機体には……！』

そしてアディクターに警告を発する弥登の音声と、それに応答する声が記録されていた。

『敵わない。だから取り引きだ、み』

応答したのは男の声だ。だがその音声が不自然な場所で途切れた。

「どうして止めた？」

「止めたんじゃないんです。ここで記録が止まってるんです」

「何だって？」

「機械の不良じゃありません。コックピットからの操作で停止されてるんです」

「どういうことだ？」

「記録を停止したのは隊長自身ってことですよ」

「馬鹿な。俺への通信記録は？」

「古閑さんの機に残ってるからそれ自体は嘘じゃないんでしょうけど、隊長機の記録にはありません。ここから分かるのは……」

真優も自分の言うことを信じられないといった顔で告げた。

「隊長は自分で機を降りただけじゃなく、何か理由があってアディクターとのやりとりを隠蔽したんです」

「何のためにそんなことを！」

「知りませんよ！　少しは自分で考えてください！　敵アディクターが元カレとかだったとか

で逮捕したくなかったとかじゃないんですか⁉」

「隊長に元カレとかいるはずないだろう！」

「古閑さんかなり気持ち悪いですよ⁉」

　真優は流石に呆れて顔をしかめた。

「元カレは冗談だとしても、状況を分析すると私達の知る隊長らしからぬ理由で行方をくらましていることだけは間違いないと思います。多分、服務規程に違反するような理由で」

「あの強く美しい隊長が服務規程違反なんかするはずないだろう！　きっと三浦半島に潜むアディクターが汚い手で……！」

「古閑さんガチでキモいんで本当一度帰って寝て冷静になってください！」

「こんなもの見せられて寝ていられるか！　今すぐ出るぞ！」

「三浦半島に行くって、逗子や横須賀でいいのか三崎まで行くのか知りませんけど、今の冷静じゃない目の血走った古閑さんと一緒に行動したくありません。隊長がアディクターと一緒にいるなら、探しに行くのってアディクターの巣に飛び込むってことですよ。そのちょっと臭う制服姿のままヒュムテックで乗り込んで片っ端から職務質問でもする気ですか⁉　袋叩きにされて終わりですよ⁉　そしたら隊長だって助けられなくなりますけどそれでいいんですか⁉」

「お、おお……おおお……」

徹夜明けの頭にまくし立てられて、古閑は目を白黒させた。

「隊長がもしさらわれたとしても、今すぐに命の危険はないと思います。ただ、訳の分からないことも多いので、探しに行くにしても、きちんと準備をして行きましょう」

「だが……」

まだゴネる古閑に、真優は今度こそ胸倉を摑んで低い声で凄んだ。

「そんな状態で任務に出ることを隊長だったら許すと思いますか⁉」

「思わ、ない、です。はい」

古閑は悄然と頷いた。

「だが、本当に急ぐ必要があるんだ。さっき課で、本庁の矢坂次官直々に激励を受けた。なんでも近いうちに、三浦半島に大攻勢を仕掛けるらしい」

「え、ええ？　それかなりヤバくありません？」

「ヤバいんだ。次官も当然作戦に深く関わってて、どうも俺達が先鋒隊を務めることになっているらしい。それなのに肝心の隊長がいないなんてなったらどうなるか分かるだろう」

「作戦どころの話じゃありませんね。でもだからって、今すぐってのはやっぱり……」

「分かってる。一度帰って、身を整えて眠る。明日の朝一番で、出動しよう」

隊長をダシに使うと簡単に言うことを聞く古閑に真優は呆れるが、今から半日かけてデータ解析と三浦半島捜索の根回しをすることを考えれば、明日朝一は現実的なラインだろう。

「了解です。ちゃんとご飯も食べて、眠れなくても横にはなってくださいよ！　ホント、最初はあんなに嫌ってたくせに、いつからこんなに隊長隊長言うようになったんですか」

「それはそっちも同じだろう」

「私は別に最初から隊長に反発なんかしてませんでしたから。とにかくさっさと帰って下さい。細々としたものは私がやっておきます。ほらほら！」

古閑を格納庫から蹴りだした真優は、どっと疲れたように肩を落とした。

「隊長を守れなかったくせに、本当隊長隊長うるっさいなぁ」

そして弥登の機を振り返ると、不安げな表情を浮かべた。

「隊長、一体何やってるんですか……」

第三章　横須賀カレーと不完全すいとん

カーテンの隙間から差し込む光で目を開けたニッシンは、まだ残る眠気に負けて再び目を閉じ、すぐに音が立ちそうなほどの勢いで見開いた。

「……すー……すー……」

弥登が目の前で横になって眠っているのだ。

「俺、隣の部屋の話したよなぁ？」

昨夜は食事を済ませてすぐに疲労と眠気に襲われて、何を話したかあやふやだ。

そう言えばシャワーやトイレのことを適当に話してしまった気もするし、キッチンについても適当なことを言った気がする。

「弥登も眠かったのか？　くぁ……ちょいと寝坊したな」

普段は遅くとも朝七時には目が覚めるのだが、今日は八時近くになってしまっている。

致命的な大寝坊というわけではないが、今日は午前中に一件仕事が入っている。

ニッシンは寝ぼけ眼でだらしなく背中を掻(か)いてから、弥登の肩を軽くゆすった。

「おーい、朝だぞー。何でこんなとこで寝てんだー」

「すー……んむ……んん～」

弥登は反応したがだらしない寝顔のまま、目を開けず寝返りを打って反対側を向いてしまった。

「おーい弥登？　起きろー？」

「やー……おかーさん……もう少しだけぇ……あとごふん……」

「こりゃ駄目か」

ニッシンもさほど急いでいないので、立ち上がるとトイレに足を向けた。

「はいはい。あと五分なー」

「……はぁい……」

半分起きているのだろう。気の抜けた返事があったので、この調子ならそう時間も経たずに起きるだろう。

朝の小用を足してから手を洗って部屋に戻ると、真っ赤な顔をした弥登が部屋の隅で今にも爆発しそうな顔で身を震わせていた。

「あ、あの、あのあの、わ、わ、私……」

「あー、俺の方が先に寝たのは覚えてるよな？」

「そ、そそっそそそっそ、それは、わか、分かってる……わ、私が、自分で後から……」

「あー、それじゃ隣の部屋、もしかして分からないことあったか？　明香音や美都璃が適当に改造してるから俺も特に足踏み入れてなくて……」

「そ、そそそそ、そうじゃなくてっ！」

弥登は涙すら流しそうな目で、ニッシンを上目遣いに見上げた。

「わ、私……起きる前に……何か……」

「お前、今もおふくろさんに起こしてもらってんのか？」

「っっっっ～～～!!!!」

弥登は顔を両手で覆いながらその場で悶絶し始めた。

寝起きのぼやけた言葉を聞かれたのがよほど恥ずかしかったらしい。

「違うの違うの！　今は官舎で寝起きしてて！　小さい頃の癖が抜けないだけなの！　お願いだから誰にも言わないで！　このこと知ってるの官舎のルームメイトの部下だけで！」

「寝起きはあんまよくないんだな」

「言わないでぇ……」

そのまま萎んで燃え尽きそうな弥登に、ニッシンはつい笑顔になる。

「寝るのが好きなのはいいことだ。じたばたしてないで起きろ。朝飯にすんぞ」

「もう嫌ぁ……」

すぐには立ち直れそうにない弥登を部屋に放っておいて、ニッシンは朝食の準備をする。

「昨夜ほとんど食っちまったんだよな。あー……これでいいか」

昨夜は使わなかった食安法違反の禁制品を手に取る。

「おーい、いつまで暴れてんだ。朝飯にするぞ。顔洗って来い」

「もぉ嫌ぁ……」

まだ渋っている弥登を洗面所に追い立てて、ニッシンは白湯を沸かす。

「……おはようございます。見苦しいところをお見せしました」

ニッシンは別に気にしていないのだが、弥登にとってはよほど沽券にかかわる事態だったようだ。あまり突いてこれ以上へそを曲げられても困るので、ニッシンは粗末な朝食に白湯を添えた。

「モーニングティーみたいな上品なもんは期待すんなよ」

「ありがとう、いただきます。これ、シーチキン？」

トーストされたバゲットの上に、シーチキンと刻んだ玉ねぎとマヨネーズが程よく焦げを浮かべて乗っている。

パンと玉ねぎの香りがふわりと漂い、寝起きの弥登の食欲を刺激した。

「こちら矢坂隊員御所望の、禁制品メシだぜ」

既にブルスケッタを二つ平らげた弥登は、意外そうに目を瞬いた。

「シーチキン。日本の物じゃない。東南アジアのどっかの国のだ」

「どっかの国って……」

「読めねぇんだよ。密輸業者から手に入れたもんなんだ」

ニッシンが取り出したのは、確かに読めそうで読めない文字が並んだ大きな缶詰だった。

「確かに見たことの無い字ね。タイとか、そのあたりかしら」

「食防隊には海外製品の目録みたいなの無いのか？」

「無くはないけど、密輸品の詳細を検査するのは主計課の仕事だから、私はまだそこまで詳しくないの」

「ふーん。じゃあ缶詰って何で駄目なんだ？　英語や中国語の成分表示だと、添加物無しでそのまま、ってのも結構あるぜ？　発酵系の缶詰とか、割と添加物が無いのもある」

食料安全維持法では、国営農場で生産された缶詰以外の缶詰製品を一律で禁止している。

「発酵系って、シュールストレミングとかの話してない？　あれは海外でも、屋内での開封や公共の場で食べることを禁止する法律や条例があるのよ」

弥登はあまり躊躇わずに三枚目のブルスケッタを口に入れた。

「缶詰は、添加物よりも缶そのものが駄目なの」

「缶そのもの？」

「大体の缶詰には、内容物が漏れるのを防ぐために内面が塗装されているのよ。ＢＰＡって言うんだけど、簡単に言うと樹脂やプラスチックの原料になる成分が含まれてるわ」

「ほー」

「あなたも大楠山で、缶詰を直火にかけちゃいけないってぼんやり知ってたでしょ。あれは未開封の缶を火にかけると爆発しちゃうって危険の他に、この内面塗装の原料が熱で食品に溶け出す危険があるからなのよ」

「へー。そういうことだったのか」

「この溶け出す物質がいわゆる環境ホルモンね。食料安全維持法制定当時には、他にもツナ缶に使われる養殖魚の飼料に含まれる化学物質が強く問題視されていたり、ツナ缶の原料にされてる遠洋のマグロ類は地域によってはメチル水銀濃度の蓄積が高いとされていて……」

「へー」

話をしながら、二人は用意したブルスケッタをあっという間に食べきった。

「でも海外じゃ普通に食われてるもんなんだよな」

「…………まぁ、ね」

「こないだみたいな非常時でもなけりゃ、缶詰を直接熱することはまず無い。その環境ホルモンとやらは常温でもそんなどろどろ溶け出てくるもんなのか？　そんなヤベェもんが何で日本以外の国では普通に食われてるんだ？　それに、養殖魚もダメ遠洋の天然魚もダメってんならツナ缶以前にもうどの魚をどんな調理してもダメってことにならないか？」

「だ、だから、食べ続けると体に有害物質が蓄積されるのよ。週二百グラム以上摂取するとメチル水銀が……」

「ツナ缶のツナだけ二百グラムって相当だぞ？　今二人でそこそこ腹に溜まる量食ったのだっ

て五十グラムあるかないかだ。マヨネーズや玉ねぎでカサ増しされてるしな」

弥登は指先についたパンくずをじっと見る。

「分かってるわ。分かってるわよ。でも……国民の健康を損なう有害物質が入っている、ことには変わりないから」

「変わりないから、国民が飢えても構わない、と」

「……」

「悪かったよ。食い終わったら仕事に出る。準備しておいてくれ」

「何もやることはないわ。化粧道具もないし、財布も、スマート端末も持ってきてないもの」

「いつまでここにいるつもりか知らないが、必要なもんは用意しないとな。その分今日は色々手伝ってもらうぞ」

「分かってるわ、出来る限りのことはするから何でも言って」

口元にパンくずをつけながらも、弥登は毅然とそう言った。

「何が弥登をそこまでさせるのかは気にはなるが、言ったからにはメシの分だけしっかり働けよ。三十分後に出る。待っててくれ」

「ええ」

ニッシンも弥登も真剣な顔で頷き合い、とりあえず、朝食の後片付けを始めるのだった。

外に出ると、思わぬ顔がヒュムテックの前に待っていた。

「おはよぉ。お二人さぁん」

良く晴れた朝だというのに、頭上に雨雲を浮かべた明香音が、バイクに跨り二人を待ち構えていたのだ。

「明香音？　どうしたんだこんな朝早く」

「んん〜」

明香音は据わった目でじろじろとニッシンと弥登を見比べて、ついで弥登を上から下まで値踏みするように眺めまわした。

「いや〜別にね〜なんてことは無いんだけどぉ〜、そちらさんなーんも持たずに横須賀に来たんでしょー？　しばらくニッシンちで過ごすなら、着替えとか色々いるんじゃないの？」

「え、ええ、それは……」

「でもニッシンさぁ、女子の下着のこととか分かるわけー？　化粧品とかさー。横須賀は都会みたいな綺麗な薬局なんか無いから、都会のお嬢さんの肌に合うような化粧品はなかなか手に入らないんだよねぇ。だからそういうのをさ、私が案内してあげよっかなーって思って」

女ものの服だ下着だ化粧品だとスラムでは贅沢品のようにも思えるが、あるならあった方がいいとはシンジケートの女性からも良く聞く話だ。

現実に化粧品は門外漢のニッシンでも話には聞いているほど横須賀で出回っている。例によって海外の密輸品ばかりだが、時には国内の正規品も出回ることもある。食料品ほど高価なものではないが安価なものとも言えず、物々交換の対価としても重宝されていた。

「ニッシンの仕事手伝うんでしょー？　食防隊の制服じゃ町歩けないよー。美都璃のサイズだけど、その服よりはましだよ、着替えてきたらー」

そう言うと、明香音は皺（しわ）だらけの大きなビニール袋を弥登に放り投げた。

「あ、ありがとうございます……ニッシン。すぐ着替えてくるから、ちょっと待ってて」

弥登は古着の入った袋を受け取ると、明香音に素直に頭を下げ建物の陰に隠れる。

「……なんだよ」

弥登が着替えている間、明香音がじろじろと疑わし気な顔で睨みつけてくる。

「別にー。まぁとりあえず何にもなかったんだなーって」

「メシ食ってすぐに寝たよ。俺も完徹だったからな」

「本当に仕事手伝わせる気？」

「ああ」

「ニッシンの評判を落とすことになるかもよ。当たり前だけど、噂は広まってる。地獄の金沢ラインを作ってた奴だ、恨んでるのも多い。あいつ、そのこと分かってるの？」

「さぁな。バカじゃないとは思ってるが、そこまで考えてるかどうか……お前はそれが心配で来たのか？」

「ニッシンがいやらしいことしてないかどうか確かめにきた」

「どこまで信用無いんだ俺は」

「身から出たサビって奴だよ。この後どうすんの」

「まずはヤドカリを整備に出す。最初だけは弥登のゲンジボタルとガチで激突したから、どっかガタがきてると困る。その後はキッチンだ」

「ん。了解」

「お待たせしました」

そこに、着替えた弥登が戻ってきた。

使い古したブーツとカーキのサロペットに長袖Tシャツの上からジャケットを羽織っている。

「へー。都会のお嬢様にしちゃ、意外と似合ってるじゃん。サイズはどう？」

「ありがとう。丁度いいわ」

「ムカつく」

「へっ⁉」

「同じ物食べてるのに、何で美都璃はそんな色々大きくなって私は！　ぐうう‼」

「ニッシン、私何か悪いこと言った？」

「ほっといてやれ」

ニッシンの口から明香音の心情を解説するのは侮辱に当たる。

「とりあえず、今日は明香音と一緒に行動することになった。まずはヒュムテックを整備に出して、それから通常の仕事に入る。とりあえずまた窮屈な思いをさせるが、ヒュムテックに乗ってくれ」

「ええ、わかっ……」

「あんたはこっち！」

そのとき、明香音がバイクのエンジンをかけて自分の後ろを指し示した。

「ヒュムテックのコックピットの中からじゃ、見えるものも見えないよ。横須賀で仕事するなら、ちゃんと横須賀の風に触れなよね」

「……そうね。分かったわ。よろしくお願いします」

弥登は決然と頷くと、明香音の後ろに跨った。

「しっかり摑まってないと振り落とすよ。言っとくけどヘルメットなんて上等なものは……」

明香音はにやりと笑うと、ヘッドギアを二つ取り出し、一つを弥登に差し出した。

「きちんとつけて。アディクターは体が資本。体を守る道具はケチっちゃ駄目だよ」

弥登は狐につままれたような顔でヘッドギアを受け取った。

「私達みたいな犯罪者集団が、真面目にメット被ってるのが意外？」

「そんなことは……」

「私達は金のために何でもやるアウトローじゃない。いつだって死にたくないだけ。だから命を守るためには何だってやる。ほら」

「……ええ」

弥登は少しきつめのヘッドギアを被った。

「それじゃ行くよ、周りの様子をよく見て自分がどういうところにいるのかよく理解しな」

「は、はいっ！　きゃあっ⁉」

バイクのエンジンが高らかに響き、明香音と弥登を運んで行く。

「バカ！　体にひっつくな！　シートに摑むところあるでしょ！」

「ええ⁉　こういうのって運転してる人にしがみつくんじゃないの！　こんなとこ摑むの怖……いやああ……！」

「事故るなよー」

ニッシンは苦笑しながらヒュムテックのコックピットに乗り込み、機体を下げる。

格納庫に自分のバイクを乗せて倒れないように固定してから、おっとり刀で既に見えないところまで走り去った明香音と弥登を追った。

「聞いときたいんだけどさ」

「は、はいぃ！」

リアシートの後ろ側にある頼りない持ち手を掴みながら怯えている弥登は、明香音の問いかけに答えるのも必死だ。

「ニッシンの仕事を手伝ってたら、いずれあんた達が捕まえた奴の友達や家族と会うこともあるけど、その覚悟はあんの？」

「い、い、一応……！」

問いはシリアスだが、答えるのが必死なので雰囲気は重くはならなかった。

「ブン殴られるかもしれないよ」

「そ、それくらいは覚悟の上だし、別にそれで私は、何も後悔することはないわ！」

「言うじゃん」

「明香音さんの言葉を借りれば、私が仕事をするのは生きるために必要なことだったからよ」

「ニッシンに会いたくて来たんじゃないのー？」

「それも否定はしないけど」

「しないんだ」

「それはそれとして、人から恨まれる仕事をしているという自覚はあるわ。でもそんなことに怯えてたらこんな仕事してられないし、そういう仕事だからこそそういう手合いを相手にする方法は心得てるし訓練もしてる。心配は無用よ」

「ふーん。それならいいよ。せいぜい怪我しないように。あとニッシンの評判を落とさないように頑張りなよ」

「ええ。心得てるわ。……ねぇ、明香音さん」

「何」

「……心配してくれてありがとう」

「はあ⁉　誰があんたの心配なんかするかってーの！　私はあんたがニッシンの邪魔しないか心配なだけ！」

「それでも」

「……うっさいなぁ！」

明香音はアクセルを吹かしてスピードを上げる。

弥登はその勢いにのけぞりながらも、敵愾心を隠さない明香音に見られないように小さく微笑む。

ひび割れ木々に浸食された旧海岸通りは朝日に照らされ真っ直ぐ横須賀市街に伸び始める頃、ニッシンのヤドカリがようやく明香音のバイクに追いついたのだった。

※

「乗ってて何ともなかったのか。右前足の油圧シリンダーが二本も割れてたぞ」

楠ケ浦の米軍基地跡地は、今では横須賀の大工業エリアだ。

港湾エリアとしてはもちろんのこと、かつての米軍施設や広大な敷地を再利用して市場が開かれ自動車や武器やヒュムテックの工場が多く根を張っている。

ニッシンはシンジケートに属するヒュムテック廠にヤドカリを持ち込んだ。

工場の主でシンジケートの幹部でもある坂城は眉をひそめてヤドカリを覗き込んでいる。

「高くつくぞ」

「シリンダー二本だろ。何とかならないか」

「そのシリンダー二本手に入れるなり作るなりする手間を考えやがれ。ヤドカリは立ち上がるヒュムテックだ。衝撃に耐えられるシリンダー、一本十五万。それ以上は負からねぇ」

「……分かったよ。だが俺もこいつが無きゃいざってときに仕事にならない。前金で十万。後から月十万ずつ払う。それじゃだめか」

「利息込み。月十一万だ」

「分かった。それで頼む」

　ニッシンは坂城の言い値で金を渡す。

「で？　お前本当に例の女連れてんのか」

「ああ」

「明香音がうるせぇだろ」

「俺の気が回らない部分の面倒見てくれてるよ」

「小姑と嫁が仲良くしてるときほど油断すんな。気遣いを忘れるとあっと言う間に針の筵だ」

「誰が小姑だ、誰が嫁だ」

「お前次第だろ。とにかく仕事は請け負った。夜になったら取りに来い」

「仕事が早くて助かる」

「おい信也」

　立ち去り際、信也、と呼ばれたニッシンは、騒がしい工場の中で足を止めた。

「何であの姉ちゃん助けたんだ。美人だからか」

「腹減らしてたんだ。ほっといたら多分死んでた」

「お前ら親子の悪い癖だ。どんな飯屋でも席も食材も有限だ。誰彼構わずタダで食わして品切れ起こしたとき、お前は何と言ってその行列を打ち切るつもりだ？」

「俺は別に、誰彼構わずメシを食わせてやるわけじゃないよ」

「じゃあどういう了見だ」

「俺も親父も母さんも、メシをやむを得ずタダで食わせるのは将来客になりそうな奴だけだ。メシは恵んでもらえるものと思うような奴は、客じゃない」

「そうかい」

坂城は肩を竦める。

「この歳になって説教なんざしたかねぇが、その結果親父とお袋がどうなったか忘れるな。人が人を見る目なんか、簡単に曇るもんだ」

「分かってる。心しとくよ。安心してくれ。説教してくれる大人がいることのありがたみはよく分かってる」

「大人ぶんじゃねぇ」

坂城に手を振ってニッシンは工場を出る。

外では弥登と明香音が手持無沙汰そうに待っていたが、ニッシンの姿を認めて寄ってきた。

「どうだったの？　何か壊れてなかった？」

「大した事じゃなかった。夜まで預けておけば万全な状態で戻って来る」

「そうなの、良かった」

ガチンコでぶつかっただけに、弥登はほっと胸をなでおろしたようだ。

「でも、もし修理代が高くなったら言ってね。壊した原因は私にあるんだから」

明香音はニッシンにも弥登にも疑わし気な目を向けたが、特に何も言わなかった。

「そこまでお前が背負い込むこたねぇよ。それよりそっちはいいものは買えたのか？」

ニッシンがヤドカリを工場に預けている間、弥登は明香音と一緒に生活必需品を用立てに行っていた。

必要な金はニッシンが明香音に預けていたが、先程まで持っていなかったカーキ色のリュックサックに、買い足したものが入っているようだ。

「これ、余ったお金、返すわね」

「随分余ったな。ちゃんと必要な分買ったのか？」

「明香音さんが色々交渉してくれたの。これでも化粧品まできちんと買えたのよ」

「明香音が？」

ニッシンが意外そうに明香音を見ると、明香音はバイクにもたれかかりながら不満そうに口を尖らせた。

「そいつのことは気に入らないけど、露骨にカモられそうになってるの見過ごすほど不人情じゃないよ。ボッタくられたら損するのはニッシンなんだしさ」

「そうか。ありがとな」

「感謝してよー。薬局じゃ化粧品マケさせた上に洗剤と洗濯ネットまで手に入れたんだから」

「洗濯ネット？　何に使うんだ？」

ニッシンが普通にそう尋ね返すと、弥登は少し顔を赤くして、明香音は溜め息を吐く。

「洗濯機でブラジャー洗うのに必要なんだよ」

「お……そ、そうか。とにかく助かった。えーそのー……そうだ、仕事、仕事だ」

「あ、は、はい！　何をすればいいの？」

「なーにこれ」

初心でもあるまいに顔を赤らめて目を合わせない二人に、明香音は完全にあきれ顔だ。

意気込む弥登を抑えてニッシンはバイクに向かう。

「大したことじゃない。買い物と、荷物持ち。それに……接客と宅配だ」


「おうニッシン。そいつが噂の食防隊か？」

「……っ」

早速詰められた。

連れていかれたのは食料問屋らしき場所だった。

らしき、というのは、問屋の店内にある袋や缶詰、容器の形状や書かれている文字が多国籍すぎて、果たして食料品なのか弥登には判断できなかったからだ。

「ああ、そうだよ。俺んとこで今日から従業員として研修に入る。よろしくな」

薄暗い店内でパイプ椅子に腰かける老人が、眼光鋭く弥登を睨む。

「南関東州食料国防隊、鎌倉署の矢坂弥登と申します。よろしくお願いします」

弥登も、自分の意志でやってきた以上、ニッシンの陰に隠れているわけにはいかない。

一歩前に出て小さく一礼すると、老人は舌打ちし、弥登に尋ねた。

「あんた、ジャック・李を知ってるか」

それに対し、弥登は即答した。

「ジャック・李。三十二歳。二ヶ月前の雨の日に、哨戒中の私の隊が磯子で逮捕しました。容疑はインスタント食品の所持と販売。ジャック・李とともに三人のアディクターが逮捕されています」

「ではそのジャック・李の父親がここにいることは知っているかい？」

「李大人とは、あなたのことでしたか」

「ほ？」

李大人と呼ばれた老人は、意外そうにサングラスの内側の目を見開いた。

「血が繋がっている親子ではなく、戦後横須賀に根付いた中華系の小さなアディクター幇のドン、それがあなたですね」

「ジャックがそんなことを吐いたのか」

「ジャック・李は完全黙秘を貫いています。いずれ送検され『農場送り』となるでしょう。李大人。あなたのことは、ジャック・李の取り引き相手である横浜シェルターの中華系住民の自供から判明しました」

「そいつの名は」

「私は食料国防隊員です。容疑者の近親者に捜査情報をお話しすることはありません」

ヒリついた空気が、薄暗い店内に漂い、ニッシンも明香音も、堂々とした弥登の口上に呆気に取られていた。

「なるほど、今時珍しい芯の強い奴だ。出世も長生きもできねぇタイプだな」

「だからこんなところにいます」

「いいだろ。男の陰で自分の仕事をオドオド隠すガキなら、ニッシンとの取り引きも考え直すところだった」

「あなた方アディクターが命より金を尊び敵に報復するようなテロリストやマフィアだったら、もっとこそこそしていますし、そもそもここに来てはいません」

「口の利き方には気をつけな。俺があんたの敵であることに変わりはない。あんた今、自分が何口走ったか分かってんのかい」

「ええ」

弥登は頷いた。

「私は今自分が言ったことが本当に正しいのかどうか知りたくて、ここにいます」

「……なら、ニッシンの仕事をしっかり手伝うんだな。いつものでいいのか」

李大人はニッシンにそう言うと、ニッシンもほっとしたように頷く。

「ああ、頼む」

「そのお嬢さんに逮捕されんのは御免だぜ。しっかり見張ってろよ」

李大人はよたよたと店の奥に消え、弥登は大きく息を吐く。

「大丈夫か」

「ええ。これで少しは、足を引っ張らずに済むかしら」

「李爺さんがいいと言うなら、中華系の住人の大抵は問題ない。鳳凰軒の端木のおやっさんだって元は中華系だ」

「私はもっとバチバチにモメるかと思ったけど、李爺さん随分あっさり引き下がったね」

明香音の正直な感想に、ニッシンは苦笑した。

「引き下がったわけじゃない。ただ、ここで弥登に嚙みついたって李爺さんには何の得もない。ジャックを助けられるわけでもない」

「みんなこいつの親が誰なのか、知ってるじゃん。人質にして捕まえられた仲間を釈放しろって話に持ってってたっていいんじゃない？」

「この小娘は何バカぬかしてやがる」

ちょうどそこに李が戻ってきて、大きさの割には重そうな段ボール箱を二箱、台車に乗せてニッシンに差し出した。

「古今東西政治犯の釈放を要求してテロする奴はこらえ性の無い上に先の見えない英雄気取りで死にたがりの、要するに極まっちまったバカと相場が決まってんだ。横須賀にもシンジケートにも、そんなバカな真似する奴はいねぇよ」

「昨日シンジケートに身柄を拘束されたときは、実はその展開も覚悟はしていました」

どこまで本気か分からない弥登の言葉に、李も呆れる。

「俺達も俺達の取り引き先も好きで反健康主義者反健康主義者とバカにされてるわけじゃねぇ。生きるため食うために仕方なくお上の禁じた物を売り買いして食ってるだけだ。この間の浄化作戦みてぇにハジキでドンパチやったんじゃなけりゃ、捕まっても死にはしねぇ。結局貧相なメシのために地べた這いずって生きてることには変わりない。だったら命かけなくても最低三食は国が保障してくれる農場にいた方が、いくらかマシってもんだ。折角命かけずにメシ食えるようになった奴を塀の外に出すために、命がけでテロするバカがどこにいる」

「それじゃあ、一体あなた方は何のために食料安全維持法や食料国防隊と事を構えているんですか」

李の物言いは、聞きようによってはアディクターをするよりも、食料国防隊に逮捕されて農場送りになった方が良いと言っているようにも聞こえる。

弥登が思わず尋ねると、李は事も無げに言った。

「塀の外のメシは貧相だが、貧相なりに好きなものを好きな場所で、気の合う奴と笑いながら食える。塀の中は貧相なものをシケたツラして決まった場所で腹に収める。同じ地べたを這いまわる生活ならギリギリまでは塀の外のほうがいくらかマシな人生ってだけの話だ」

李の言葉が呑み込めなかったのか、弥登はまだ戸惑った顔をしている。

「お前も食い物を買えなくなりゃ分かる。今はせいぜいニッシンのとこで、おままごとを楽しむといい」

李の問屋を出た弥登は複雑な顔をしていた。

李の言葉を必死でかみ砕こうと努力する顔をしていた。だから明香音も余計な茶々は入れなかった。

「ニッシン、この後は？」

代わりに李が台車で運んできた大きな箱二つを重そうに抱えるニッシンに尋ねた。

「野菜と肉だ」

「この箱はそのどれでもないの？　随分重そうだけど」

ニッシンはバイクの荷台に器用に箱を括りつけて言った。

「後で分かる。ここで開けるわけにもいかないからな。とりあえず食材を買い集めたら、キッチンに行く。話はそれからだ。李爺さんの説教で、ちょっと時間食っちまったからな。次は基地の市場だ」

「基地の市場って？」

「米軍基地跡地の朝市。週三日、この時間からやってるんだ。すぐ近くだけど、ボケっと歩いてたらド突かれて足踏まれて財布スられるから気をつけな。あと……」

弥登の問いに、明香音は海の方を指さした。

「あと、今日は行く先々でおっちゃん達が李爺さんみたいにあんたに説教かましてくるだろうから、手早く済むようにうまく話回しなよ」

「分かったわ。覚悟はしています」

「市場ではやめてくんねぇかなぁ。誰かに聞かれたら血の気の多い奴が殺到しそうだ」

ニッシンは荷台の重さでふらつきながらバイクに跨りボヤいた。

「俺の弟は去年の浄化作戦で食防隊に殺されたんだ！　弟の仇（かたき）だ！　殺してやる‼」

怒号とともに野菜を並べた籠が地面に落ちて野菜が道端に転がり、驚き身を引く者、これ幸いと転がった野菜を盗んでいく者で市場にちょっとした騒動の輪ができた。

明香音はさっと輪の外側で無関係を装（よそお）い、ニッシンは頭を抱え、弥登は怒号を発した野菜店の店主と真正面から見合った。

「ニッシンもシンジケートも正気か！　食防隊を横須賀に引き込むなんざ自殺行為だ！　テメエらがやれねえってんなら俺が代わりに殺してやる！　止めるなよ！」

商品の野菜を切り分けたりヘタや芽を落とすための包丁を構え、店主が弥登にとびかかろうとする。

「弥登下がれ！　いや、おやっさん待ってくれ！　落ち着いて話を聞いてくれ！」

「食防隊が俺達の話を聞いたことが一度だってあったか!!」

店主はニッシンを突き飛ばすと、真っ直ぐ弥登に包丁を向ける。

間違いなく修羅場だが、周囲の人間も店主の怒号で弥登の正体を何となく察し、特に騒ぎ立てることなく野次馬根性で事の推移を見守っている。

「おい！　お前らの中にも食防隊に恨みがある奴はいるだろう！　ここでやっちまえ!!」

店主が扇動すると、据わった目の男女が一人ずつ現れて、弥登への攻撃に加わろうとする。

「素手の女一人に何をするつもりだ！　そいつを生かすのはシンジケートの決定だぞ！」

「何が素手の女だ!?　こいつは国家権力と弾丸でメシを食えねぇ国民を殺してきた奴だぞ！」

そうだー！　やっちまえー、と野次馬の中からも店主の声に賛同する声が広がり始める。

「それに俺達はシンジケートの手下じゃねぇ！　間違ってることは間違ってるんだ！」

「く……弥登、逃げろ！　こんなことになるとは……」

ニッシンは弥登を逃がそうと店主との間に入ろうとするが、弥登は逆にニッシンを横にどかした。

「大丈夫よニッシン」

「おい⁉」

「受けて立ちます。あなた方三人ですね。他にはいませんか？　憎い食料国防隊員ですよ。昨年の浄化作戦だけじゃない。ここ半年で金沢エリアでも私は、大勢のアディクターを逮捕しました」

それどころか挑発するようなことを言い、それに誘われたようにまた二人、店主の後ろから現れる。

「お、おいっ！」

しかも片方は木の棒を、片方は粗末なオートマチック型の拳銃を持っているではないか。

これには場を囲んでいる野次馬も明香音も動揺を露わにするが、弥登の表情は変わらなかった。ただ一言、

「私に当たらなかった場合、今ここにいる誰かを殺すかもしれないことを分かっているのなら、どうぞ撃ってくださいね」

そう言い、拳銃の男をひるませる。

「他にいないなら、そろそろ始めましょう。さ、どうぞ。最初の一撃は、そちらから」

「……う」

弥登は半身に構え、包丁を構えた店主と銃を持った男を油断なく見ている。

「う、うあああああ‼」

腰だめに包丁を構え襲い掛かる。

「最初の一撃だけ、ですよ」

弥登はその一撃をわずかに足をずらしただけで避けると、つっかけサンダルで走り不安定になっていた相手の足元を軽く蹴たぐり、

「おおっ⁉」

包丁を突き出した手首と肩の下を同時に捻り、自分の倍はあろうかという店主の巨体を地面にひっくり返した。

「次！」

弥登の檄に、銃持ち以外の三人が一斉に襲い掛かり、弥登は彼らの武器と拳を律義に一度は振らせ、

「ふっ！」

一人の顎に軽くジャブを当てて脳を揺らし、一人の腕を取って豪快に一本背負い。

棒を持った一人は振り被って地面を叩いた棒を最小限の動きで回避すると、棒を握る両手を軽く右手で押さえながらその腹に一撃膝を入れ、あっという間に三人を地に伏せさせてしまう。

「あ……ひ……」

瞬く間に四人が倒され、野次馬だけでなくニッシンも明香音も、銃を構えた男も声も上げずに目を見開いて弥登を見ることしかできなかった。

「流石に銃に先手を取られると厳しいので、武器を使わせてもらいます」

弥登は四人目の手から木の棒を奪うと、軽々と振るって銃の男に向けた。

拳銃を構えた男と木の棒を構えた女。

普通に考えれば勝敗は明白だが、今この瞬間は間違いなく弥登が男を圧倒していた。

「私は三歩であなたの銃を叩き落とします。私を撃つならその間にどうぞ。……行きます」

「ひ、ひいっ⁉」

傍目には単純な横跳びに見えたかもしれない。だが棒の切っ先を向けられ気圧された男の狙いを崩すのには十分な速度だった。

左右に跳ぶ弥登にいちいち肘を伸ばしたまま狙いをつけた男の体幹は崩れ、指を引くよりも弥登が棒で銃口を封じる方が圧倒的に速かった。

轟音と共に銃口を押さえていた弥登の棒の先端が破砕され、一緒に拳銃が弾き上げられる。

弥登は男の手の中で暴れる拳銃をつま先で蹴り飛ばし、粉砕した木の棒の持ち手を右手だけで男の喉元に突きつけ、空いた左手で蹴り上げられた拳銃を受け止めた。

「勝負あり、ですね」

拳銃の男はへなへなとその場に膝を突き、弥登は相手が戦意を失ったのを確認してから、拳銃のスライドとマガジンを抜いて別々の場所に放り投げた。

絶望的に不利な状況を、的確に訓練された体術だけであっという間に制圧してみせた弥登に、

「く、クソ……殺すなら殺せ！　こんなんじゃ弟に顔向けできねぇ、こんな……！」

地に伏してじたばたと呻く店主に、弥登は立ったまま言った。

「私は食料国防隊員です。法に則り職務を執行し、法に則り敵の殺害が認められています。ですが私の敵は、食料安全維持法に違反するアディクターだけ。現状、違法な食品を扱っていると認められないあなたを、逮捕することも殺害することも認められていません」

「何だとぉ!?」

「弟さんが我々に殺害されたと仰っていましたね。その理屈で言えば、こちらの隊員にも、あなた方の攻撃によって犠牲になった者がいます。私自身、足を撃たれ死線を彷徨いました」

「それはテメェらが下らねぇ法律を盾に弱いものいじめしてるからだろうが!!」

「弱いもの、とはどういった人のことでしょう」

「あのクソ法が決めた『まともなメシ』が買えない人間だ!!　決まってんだろ!!」

「そういう人に向けた福祉政策があることは、ご存じですね？　知らないとは言わせません。私が逮捕したアディクターは、皆同じことを言いますから」

「な……」

「『コッカンバーなんか人間の食べる物じゃない』。逮捕されたアディクターの誰もがそう言います。ですがあれは国民ＩＤさえあれば誰もが受給できる適法の食品です」

コッカンバー。

正式名称、国民健康管理食。

失業や傷病などやむを得ない事情で経済的困窮に陥り食料品を購入することができない国民に支給される目的で作られているバータイプの栄養食品だ。

コッカンバーを一日三本食べると一日に必要なカロリーと五大栄養素をカバーできる。

コッカンバーの支給を受けるのにはそれなりに厳格な要件があり、最寄りの食料国防隊の地域署に申請書類を提出し、審査を受けなければならない。

失業中ならば再就職活動は行っているのか。怪我や疾病（しっぺい）で困窮しているならその事実を証明できるのか。親類縁者に頼れる者はいないのかなど、チェック項目は多岐にわたる。

審査が通ると、一度の申請で一人一日三本分を最大三十日間分、受給できる。

一切の食品添加物が禁止されている都合上、日持ちはしない。

支給されたコッカンバーは三日以内に食べきることが義務づけられており、消費期限を越えての摂取や、転売や譲渡、不正受給や過剰受給などの行為は処罰の対象だ。

「国民ＩＤがあるならコッカンバーを食べれば、我々と事を構える必要などなかったはずです。そうせずにアディクターとして生きたのであれば、それはその選択をした者の責任です。少なくとも、今の日本の法律ではね」

「よくも……ぬけぬけと……」

「分かっていただけないのなら、伺います。あなたは見知らぬ子供があなたの店の商品を盗んだら、その子を許すのですか？」

「ああ？　なんの話……」

「私に対し、弟さんの仇を討とうということはつまり、あなたはあなたの店での盗みを肯定しているんです。分かりませんか」

「全く違う話だろうが！　フザけてると本当にぶっ殺すぞ！」

「その子供がただ悪事を働いたのか、三日飲まず食わずの末に生きるために盗んだのか、その場で判断する術はありません。もし後者であったとして、一度の仏心でそれを許したとしましょう。一体あなたはそんな存在に、何人まで耐えられますか？」

「……」

「一人なら大した痛手じゃない。二人三人ならなんとか、でも十人来たら？　五十人になったら？　その全員が飢え死にしそうな子供だったとして、一体あなたはどこで音を上げて線を引くつもりですか？」

店主は黙り込んでしまう。覚えがあるからだ。

明香音と美都璃がイーストウォーターを経営していることからも分かる通り、横須賀はもちろん日本のダウンタウンにはストリートチルドレンの孤児が少なからずいる。

大体は地域の大人が面倒を看る形に落ち着くが、それでも新しいストリートチルドレンは常に再生産され、年に何度か、市場でも子供の泥棒が出没する。

「国家は線を引かなきゃいけないんです。そうじゃないと、法律を守っている人をないがしろにすることになるからです。あなたはリンゴを盗んだ泥棒を見逃して、次のお客からリンゴの代金を取ることを、お店の経営者として矛盾している行動だと思いませんか」

「……」

「弟さんはその線を越えてしまった。だから国の経営者は対応せざるをえなかった。私はあなたが、あなたの引いた線を越えた私を殺すために突き出した包丁そのものです」

「……お前は、人間だろ。人間として、法律がおかしいって疑問とか、自分のやったことに後悔とか、ないのかよ」

「あるから、横須賀に来たんです」

弥登はそう言うと、店主の前に膝を突き視線を合わせる。

「私はもっと沢山の横須賀の人と話し合いたい。あなたの話も、あなたの弟さんの話も聞きたい。ですが今の私は無一文で、それをするにはここで生活する基盤が必要です。それにはニッシンのお世話になるしかない。この市場に、食料国防隊員を雇いたいなんて方はいないでしょう。お願いです。ニッシンは私に押しかけられて、シンジケートに私の世話を命じられただけの被害者です。どうか彼との取り引きは、継続してくださいませんか」

「……」

店主は泣きそうな瞳で弥登を見上げ、何度も溜め息を吐き、やがて覇気のない動きでのそのそと立ち上がった。

「……何見てんだよ。散れ。俺の負けだ」

固唾を呑んで状況を見守る野次馬を力のない言葉で散らすと、店主は弥登から目を背ける。

店主に唆された四人もいつの間にかそそくさと野次馬の中に消えており、市場はすぐに騒動の前の喧噪を取り戻した。

「……ニッシン。何がいるんだ」

「あ、ああ。ええと、ジャガイモを箱で。あと人参があれば……」

完全に蚊帳の外だったニッシンは、店主に声をかけられて慌てて答える。

「どっちもブラジルのもんだ。そこに積んであるやつ。それでよければもってけ」

「あ、ああ。金は……」

「今日はいい。迷惑料だ。時間取らせたろ」

「いや、でも」

「いいったらいい。お前やシンジケートに喧嘩売った上に小娘一人にボロ負けして言い負かされて、こんなみっともねぇことねぇよ」

「……分かった。じゃあ」

ニッシンが恐る恐る指示された箱を手に取り立ち去ろうとすると、店主がその背に声をかけた。

「ただし、次も、そいつを連れてこい。その……ええと」

「矢坂弥登といいます」

「矢坂さん。あんた俺の話を聞きたいっつったな。ニッシンの買い出しに必ず同行しろ。俺と弟の話を……アディクターにならざるを得なかった俺達の話をとっくり聞かせてやる。俺達だけじゃねぇ。この市場やシンジケートで食料国防隊に恨み骨髄の奴らを用意しておく。逃げるなよ」

「雇い主が許可してくれるなら、必ず」

「構わないが、お互い今日みたいな切った張ったは勘弁してくれ。こっちの寿命が縮む」

弥登はニッシンの言質を取ると、店主に小さく一礼した。

「結局ここでも騒ぎになっちゃったわね。時間は大丈夫？」

「今日はもう買い物はこれだけでいい。肉買いに行ってまた一悶着始まったらもう手がつけられん。明香音はどこ行った？」

ニッシンが周囲を見まわしながら歩いていると、いつの間にか明香音が二人の後ろについてきていた。

「さっさと逃げやがって」

「仕方ないじゃん。あの状況で私に何が出来たって言うのさ」

明香音は真剣な顔で首を横に振った。

「丸腰であんな強いんじゃやり合っても勝ち目ないし、もう闇討ちくらいしか手がなさそう」

「とにかくさっさと『キッチン』に行くぞ。これ以上誰かに絡まれない内にな！」

ニッシンは叫ぶと、弥登と明香音を促し、バイクに跨り這う這うの体で市場を後にした。

旧横須賀中央駅から北西、北東方向にそれぞれ伸びる道、古くから商店街として栄えていて、横須賀が廃墟になった後も最初に人々が復興させ一大商業圏を築いたのがこの二つの通りだった。

グレーチングストリートも北西側の通りと接続しているが、ニッシンは北東側の裏道に入り、イーストウォーターと似た規模の雑居ビルの小さな扉を開ける。

「『キッチン』って、本当にキッチンだったの？」

弥登は扉の向こう側にある本格的な厨房設備に驚きの声を上げた。

古く使い込まれているが、清潔に保たれた広いキッチンだ。

「料理するって言ったろ。とりあえずそっちのシンクの横の台に、買ってきたもの全部置いておいてくれ」

「はいはーい」

ニッシンがキッチンの灯りをつけると、明香音が重い野菜の箱を抱えて指定の場所に置く。弥登も慌てて、李の店で手に入れたずっしりと重い箱を持ちあげると、

「その二つはこっちだ」

「は、はいっ」

指定の場所に箱を置くと、ニッシンは二つの内、片方の箱を開封する。

だが中に入っていたのは気密性の高そうな不透明の袋であり、結局まだ中身が何なのか分からない。

「弥登、一応確認だが、料理はできるな？」

「え？　ああ、もちろんよ。これでも国管調理師２級と食料安全栄養士２級、あと食品衛生責任者の資格を持ってるわ」

「食防隊員の標準的な資格持ちか。それなら安心だ。明香音にやり方教わって、さっきのジャガイモと人参、全部洗って皮剝いて切ってくれ」

「分かったわ。キッチンのものは自分の判断で使っていいの？」

「構わない。手洗い場はあっちな」

ニッシンが指さす先には、調理用のシンクとは別の手洗いシンクがあった。

旧時代から続く、飲食店に義務付けられている設備だ。

「あのさーニッシン。今更だけど、私も手伝うんなら私の分の報酬は出るんだよね？」

「弥登を連れてくることになった根岸での仕事の報酬は、まだもらってない気がしたが？」

「ちぇー、そういやそうだった。それじゃ今日はただ働きでいいや。そいじゃ、弥登。こっち来て。いつものニッシンのやり方教えるから」

「……は、はい！」

弥登は、明香音に初めて名前を呼ばれ、思わず高い声を出した。

「ジャガイモは洗って土落として皮むき。人参も一緒。皮もいつか使うから、捨てないで。人参は、これくらいの大きさに切ってね」

明香音は手慣れた様子で壁にかかった包丁を手に取ると、ピーラーも使わずに人参の皮を薄くそぎ落とし、三センチ角ほどの大きさに切り分けた。

「ジャガイモはもう一回り大きくね。時間無いはずだから手早く行くよ」

「分かったわ」

二人の後ろでニッシンは寸胴鍋に水を張って火を入れ、それが沸く間に冷蔵庫から玉ねぎを十玉取り出してキッチンに広げた。

ここまで来れば弥登も、ニッシンが何をやろうとしているのか察しがつく。

「ひょっとして、カレーライスを作るの？」

買えなかった肉がここに加われば、実にスタンダードなカレーライスの食材が顔をそろえることになる。

かつて横須賀は、札幌（さっぽろ）や千代田区神保町（じんぼうちょう）と並ぶ日本三大カレーの街だった。

二十世紀の旧日本海軍の時代から第三次世界大戦が起こるまで『横須賀海軍カレー』の魂は連綿と受け継がれていた。

だが戦後、食料安全維持法が施行されて以後、横須賀海軍カレーは歴史から消え去った。

まず単純に、米が政府の専売制になったことで庶民がカレーにライスを用いる機会が激減した。

そして禁制の添加物や調味料が入った『カレールウ』とそれに類するソース類が流通しなくなったことで、かつて日本の国民食とまで言われたカレーライスは横須賀と日本の食卓から姿を消す。

そもそも横須賀の街や海上自衛隊基地が崩壊したことでカレー店も『自衛艦カレー』を提供していた海自も、カレーを生産する工場も消失し、純粋な横須賀海軍カレーは事実上断絶したと言って良かった。

弥登も横須賀海軍カレーという言葉は食料国防史の教科書の中でしか見たことが無かったが、今も横須賀に住む人間の間にカレーが生き残っていることに微かに感動を覚える。

だがニッシンはしてやったりの顔をして、もう一つの箱を開いた。

「え？　麺？」

弥登はその中に入っているものを見て目を丸くする。

それはどこからどう見ても、縮れた乾麺。いわゆるラーメンに使う中華麺だ。

例によって読めない文字のパッケージのそれをニッシンは箱から取り出し積み上げてゆく。

「カレーなのは間違いないが、米なんて高級品、そんなに沢山使えないからな」

そう言うとニッシンは、自分も包丁を取り出すと玉ねぎの皮を剥(む)き始める。

「何をやるかは追々分かる。今は手早くジャガイモと人参の仕込みをしてくれ」

「わ、分かったわ」

一瞬混乱した弥登だが、指示通り明香音と並んでジャガイモと人参の仕込みに入る。

明香音が差し出してきた包丁を受け取ると、明香音がやっていたように人参の皮をそぎ落とし、首をギリギリで落としてから三センチ角に手早く切る。

キッチンの包丁は使い込まれているがよく研がれていて、形の悪い人参もスムーズに処理することができた。

ジャガイモは泥を落とし芽を落としてからリンゴのように皮を剥き、人参よりも大きな大きさに切り分ける。

不揃(ふぞろ)いで小さな芋ばかりなので、大体は半分に割るか、四分の一に割ればそれで済んだ。

作業の傍らニッシンに目をやると、ニッシンもまた明香音以上に手慣れた様子で小気味よいリズムを奏(かな)でながら玉ねぎをみじん切りにしてゆく。

繊維に沿って縦に二ミリ幅で包丁を入れたら九十度回して、同じく二ミリ幅で千切りにすると、玉ねぎの繊維を過剰に潰さず歯ごたえの残ったみじん切りが完成するが、ニッシンのその手際は当然ながら一朝一夕のそれではなく、その細かさは弥登がまだマネできないものだった。

当然剝いた玉ねぎの皮は後から何かに再利用するのか、丁寧により分けられている。

「終わったら今度はこっちの麺を茹でてからざるに上げてくれ。この鍋で三袋ずつ三分だ」

弥登が指示された場所で麺を茹で始めると、明香音は野菜の仕込みの片づけを始め、ニッシンは弥登の隣で、大きなフライパンでみじん切りにした玉ねぎを炒め始める。

ほどなく甘い玉ねぎの香りが広がり、弥登のお腹がきゅう、と鳴った。

「ん？　今の何？　ネズミ？」

シンクで野菜の仕込みに使った俎板や包丁を洗っていた明香音が振り向き、弥登は真っ赤になった顔を伏せ、ニッシンは声を上げて笑う。

「弥登の腹の音だよ」

「ちょ、ちょっとニッシン‼」

「へー。案外食い意地張ってんだね」

「明香音さん、分かってて聞いたでしょ！」

「いやあ、結構響いたから、まさかと思っただけだよー」

「おい弥登、茹で時間オーバーしてるぞ」

「あ、ご、ごめんなさい！」

焦げ付かないよう玉ねぎを丁寧に炒めつつも、弥登の作業に目を光らせていたらしい。

みじん切りにした玉ねぎを順々に炒めてはボウルに上げ、炒めてはボウルに上げし、全ての玉ねぎがあめ色になった頃、ニッシンは仕込まれたジャガイモと人参とあめ色玉ねぎを一抱え程もある寸胴に合流させ、全部の野菜がギリギリ浸るほど水を張って煮始める。

丁寧に灰汁取りをしながらやがて、あの分厚い袋を取り出して包丁で切って開け、その中身をダイレクトに寸胴鍋に放り込んだ。

「それ、調理済みのカレールウだったの？」

「ああ。一からスパイス集めてなんてやってられないからな。オーストラリアや台湾や韓国で使われてる業務用のカレーらしいぜ」

カレーという言葉から想像される色よりやや黒いルウが寸胴の中で煮込まれた野菜スープと混ざり合い、いよいよ弥登の腹の虫を刺激する暴力的な匂いを放ち始めた。

弥登は思わず、大楠山で初めて食べたカレーカップラーメンの味を思い出し、口の中で唾液が湧き上がってしまう。

ニッシンは黒いカレーを弱火でじっくり煮込み、その間弥登は延々麵を茹で続ける。

やがてキッチンのザルを全て使うほどゆで上がった麵が溜まった頃に、

「よし、それ、全部この鍋の中に入れてくれ」

「えっ⁉」

茹でて柔らかくなった麺をまたカレーの中に入れてどうしようというのだろうか。

「伸びないの？」

「カレーで伸ばすのが目的だ。早く」

「わ、分かったわ」

弥登は言われるがままに茹でた麺をカレーの寸胴に投入する。

寸胴はカレーと麺が合わさると丁度一杯になるサイズだったようだ。

ニッシンは麺とカレーをよくまぜ合わせ、やがて寸胴いっぱいの……。

「カレー……ラーメン？」

弥登はその食べ物をどう表現すべきか悩んだ。

インスタント麺であることはこの際置いておくとして、使ったのはラーメン用の中華麺だ。だがさらさらとどろどろの中間のようなカレーの中に茹でた麺をオイルにまぶしたりキッチンペーパーで水分を抜くなどの下処理すらなく放り込めば、煮込んでいる間も煮込み終わってからも麺はずるずるに伸びてしまうだろう。

特にかんすいが含まれている中華麺は、うどんやそば、パスタなどの麺に比べても含有される炭酸カリウムの影響で茹でられている間と茹でられた後に非常に伸びやすくなる。

そのため伸びたラーメンと伸びたうどんやそばでは、ラーメンの方が本来の食感を大きく損ない、言ってしまえば美味しくなくなるのだ。

「弥登は本物のラーメン、食べたことあるの？」

ニッシンの指示で作られたものをカレーラーメンと表現した弥登に、明香音が尋ねる。

「その、本物のラーメンが何を指すのかは分からないけど、横浜の中華街で刀削麵や担々麵なんかは食べたことがあるわ」

「なんだ。醬油ラーメンとか味噌ラーメンじゃないんだ」

「何か違うの？」

「あくまで傾向の話だけどな。いわゆる本格中華の刀削麵や担々麵に使われる麵は、日本人が考えるラーメン用の中華麵じゃないことがほとんどなんだ。逆に日本の担々麵は中華麵を使ってるのが大半だったんだが、まぁ知っての通り、中華麵には欠かせないかんすいが食安法にひっかかるだろ」

「ああ……」

かんすいは、食品添加物だ。

本来のかんすいは『鹹水（かんすい）』と表記し、塩化ナトリウムを多く含んだ水、つまりは単なる塩水の事を表し、海水や塩湖の水や岩塩地帯の陸水などを指す言葉だった。

だが二十世紀以後、日本で製造販売されるかんすいにはリン酸塩が混合されたり、食用でない苛性ソーダを用いるものが多く出回り、古くから健康への影響を懸念（けねん）されていた。

天然のかんすいを使う場合は自然と麵の色が黄色くなるが、天然ではないかんすいを使い黄色系のクチナシ抽出着色料を使用した中華麺が市場の多数を占め、結果ラーメン用の中華麺は、乾麺生麺問わず、食料安全維持法の規制対象に早くから指定された。

そのためカレーと並び日本人の国民食と称されたラーメンもまた、現代においては幻かつ違法な料理となっている。

「よっし、こんなとこかな。それじゃあ……明香音、弥登と一緒にキッチンでテイクアウト販売してくれるか」

「ええ？　弥登はニッシンの責任で面倒見るんじゃないの？」

「これも研修だ。俺が一緒に行ったら、客あしらいが上手くならない。だろ？」

「そりゃそうかもだけどさぁ……」

「弥登。これから俺はこいつを半分、外で売り歩いて来る。弥登は明香音と一緒にここで店頭販売をしてくれ。名前は……さっき弥登が言った『カレーラーメン』でいいか」

「テイクアウトのお店をするってことね？」

「ああ。別に身構えることはない。来る客に愛想(あいそ)よく商品を提供するだけだ。分からないことがあったら明香音に聞けば大体のことは分かる。ただ分かっておいてほしいルールがある」

ニッシンは調理していたものより一回り小さい寸胴鍋を取り出し、そこに大寸胴からカレーラーメンを取り分け始める。

「今日の一杯は、大体こんなもんだ」

ニッシンは片手で持てる大きめのボウルにレードルで一杯、カレーラーメンを掬った。

「俺がやっているのは『販売』だ。だから必ず客からは『対価』を受け取れ」

ルール、と大仰に語った割には、あまりに当たり前すぎることを言い出した。

「そんなこと分かってるわよ。お仕事なんだから当然だわ。一杯いくらで売ればいいの？」

「そうだな。明香音、今日のこれ、一杯いくらくらいだと思う？」

「肉が入ってないからなー。五百円くらい？」

「五百円、五百円ね、分かったわ」

もしこれが全て合法の品で作られたものだったとしたら、五百円で売るにはゼロが一つ足りないレベルだろう。

だが非合法の食材を使用した非合法の一皿だ。恐らく密輸入の手間を考慮してもなお、信じられないような原価の食材が入っているのだろう。

値段の決め方や物言いに気になるところはあるが、オーナーの意向に逆らう理由はない。

「一応聞くけど、電子マネー決済端末やクレジットカード端末はある？」

「あるわけないだろ」

現金払い、ということだろうか。

「それじゃあお釣りのためのお金は？」

「少しは用意があるが、極力使うな」

「ええ!?」

お釣りのための金を『使うな』とはどういう意味なのだろうか。

「ルールは三つ。一杯はこのボウルに入れたこれくらい。客から必ず対価をもらえ。釣り銭は極力使うな。以上。あと、分からないことは明香音に聞けと言ったが、よほどのことが無い限りは自分で考えその場で判断しろ。明香音は、よっぽど訳の分からんミスをしない限りは口を出さないでくれ」

「え、え？　ええ？」

「りょーかい。こっちとしてはラクでいいし、それに……」

明香音は苦笑しながら、弥登とニッシンを見た。

「ニッシンはやさしーね」

「従業員教育には金と時間がかかるもんだ」

ニッシンは笑うと、弥登の肩を軽く叩いた。

「期待してるぜ食防隊員」

「訳が分からないけど、要するにあなたの仕事を見て体で覚えろ、ってことね？」

弥登は訳が分からないなりに気合いを入れようとしたが、ニッシンは首を横に振った。

「いいや？　後で色々説明はする。だが今回のケース、つまり弥登に関して言えば、習うより先に慣れた方がいい。習うのはその後だ」

「え?」

「何の説明もせずに見て覚えろとか、逆に説明したから手本を見せないようなバカな経営者や管理職、いつの時代もいるだろ。俺は自分の利益が大事だ。だから利益を運んできてくれる従業員は座学実技ともにきちんと教育するから安心しろ。山本五十六は本当いいこと言うよな」

「はぁ……」

「じゃあな。後は任せた。俺も時間が無いんでな。話は仕事が終わってからだ」

そう言うとニッシンは取り分けた半分のカレーラーメンの寸胴を台車に乗せ、出て行ってしまった。

「ニッシンはシンジケートの仕事が無いときは、ああいう器一杯で量り売りできるご飯作って売って回ってるんだ。このビルの倉庫に手作りの、まぁ屋台っぽい引き車があってね。今すぐ出ないといつもの時間に間に合わないから」

「聞きそびれたけどこれが彼の普段の仕事なの? その、行商というか、屋台運営というか」

「あんたにとっての食防隊みたいな『メインの仕事』みたいな意味で聞いてるなら違うよ。でもニッシンの人生にとってはとても大事な仕事だし、目標みたいなものかな」

「目標……?」

「そんなことより、話は後だってニッシンも言ってたでしょ。とりあえずそこに立てかけてあるテーブル外に出して。お釣り用のお金が入ってるのはこれね」

弥登は明香音に言われるがままに入り口の扉の外の道に古い会議用長机を置く。

「え、お釣り銭、これだけ⁉」

明香音に渡された何の変哲もない小さなザルには、五百円玉や他何種類かの小銭が適当に入っているだけだった。

ニッシンが指定した一杯から逆算すると、弥登と明香音の担当の寸胴は、五十杯分はある。

電子会計できないのだから、会計の推移次第では簡単に釣り銭が足りなくなるだろう。

「大丈夫大丈夫。多分足りるから。ほら、お客さんだよ」

「え、あ、え、ええーと」

そこに、明香音やニッシンのものと似たような、くすんだ色合いの服を着た男がふらふらとやってきて、何も言わずに手に持っている汚い器を差し出した。

「い、いらっしゃいませ！　え、えーと！」

「……いくら」

「ご、五百円です」

「無い」

「はい……え？」

「無い」

男とのシンプルな会話で弥登の思考が固まる。

払える金が無いと言うのに、男は器を差し出したままだ。

テイクアウトだと言いつつ店側にテイクアウト用の器は無いので取り引きが成立したら客の持つ器にカレーラーメンをよそえばいいのだろうが、金が無いと自白しながら器を取り下げない男の行動は、弥登の計算の外側にいる存在だった。

「くれないのか」

「え、いや、ですから五百円……」

「無いって言ってんだけど……」

そうこうしている内に、男の後ろに新たな客が並び始めた。行列に並んでいる客が店の不手際で待たされることをストレスに感じることは弥登も良く理解している。

だが最初の男は諦める様子はなく、その後ろの客も男の振る舞いに何も思うところが無いようで、むしろ対応に迷う弥登を睨んでいるようにも思える。

「あの、お金が無いと、その、お渡しするわけには……」

「あんた、噂の食防隊員？」

「え？」

「もしかして、あんたから実力で奪えって話？」

「ええ？」

話がどんどん意味不明な方向に流れてゆく。金を払わないどころか強盗宣言までするとは、横須賀では弥登の知らない謎の経済活動が存在するのだろうか。

「なあ」

「え、ええと……その……」

「何なら払えるの」

明香音が割り込んできたのは、弥登の額に冷や汗が浮かんだそのときだった。

「明香音さん？」

「何なら払えるの。もしくは、いくら持ってんの」

「現金は明日になれば……今は、三百円。あと、渡せるものは、このシャツくらいしか」

「そんな汗臭いシャツいらないよ。この店はツケも無し。じゃあいいよ。三百円ね」

「明香音さん⁉」

明香音は男が差し出す三百円を受け取ると、弥登の手からレードルを奪い男の差し出す器にカレーラーメンを入れてしまった。

だが、よく見るとその量はニッシンが指定した『一杯』よりわずかに少なかった。

「毎度。はい次」

男はそれきり一言も発さず去り、明香音は次の客を招き入れる。

「一杯五百円だよ」

「これで何杯もらえる」

次は四十歳前後の女性だった。最初の男ほどぼやけた物言いではなかったが、差し出したのは金ではなかった。

重量感のあるクラフト紙の袋。音からして中身は粉末状のようだ。

「これは？」

「砂糖だよ」

「本物？」

「……本物」

「帰って。本物の砂糖と引き換えじゃ、鍋全部渡すことになる。商売にならない」

「じゃ、じゃあ一杯分だけ……」

「一杯分の砂糖なんか、こっちには何の価値も無い。帰って。後がつかえてる」

「……ぐ…………人工甘味料、よ」

「種類は」

「……多分、スクラロース。私はそう言われた」

「確かめさせてもらうよ」

明香音は女から問答無用で袋を奪うと、中に手を突っ込み、小指で白い結晶を掬い取った。

「……ま、確かに人工甘味料の味だ。いいよ。これ一袋なら五杯分は渡せるかな」

「たった五杯？　三百グラムあるのよ!?」

「つまんないウソつくからだよ。それがなきゃ十杯は渡せた。商売はお互いの信頼が無きゃできない。あんた、横須賀に来て間もない感じ？」

「……お願い、子供がお腹空かせてて……」

「それで泣き落とせると思ってんなら出直しな。横須賀に向いてない。あんたに食わせるメシはうちにはないよ。新港町で三日に一回炊き出しやってるから、そこで腹一杯にしたら横須賀から消えな」

「そ、そんな……」

「弥登、こいつどかして」

「え、で、でも……」

「ニッシンでも、こいつにメシは売らない」

「……」

明香音の冷たい言葉に、弥登は困惑しつつもカウンターを出ようとしたが、

「ちっ！　二度と来るかクソが!!」

女は弥登を怯えたように見ると、卓上の紙袋を持って走り去ってしまった。

「もしかしたら弥登のこと、市場で見てたのかもね。あんたならダマしおおせると思ったんだろうけど、実力であんたに勝てないことも知ってたんでしょ。はい、次」

女の後ろに並んでいた子供は逆に素直に千円札と大きめの器を差し出し、明香音は設定され

た値段通りの量を、子供が差し出した器によそった。

「で？　まだ私がやってた方がいい？」

「これが、必ず対価を受け取れ、ってことなのね」

一杯五百円というレギュレーションを店側が規定し、そのレギュレーションに準じた対価を提示されたら、その分だけカレーラーメンを提供する。

弥登は明香音からレードルを受け取ると、真剣な顔で次の客を受け付ける。

「一杯、五百円です……」

次の男はおどおどした態度で、弥登の見慣れたものを差し出してきた。

弥登は息を呑んだ。

コッカンバーだ。男は譲渡も転売も禁じられているコッカンバーを二本差し出してきた。

弥登は一瞬だけ明香音を横目で見るが、明香音は一切なんの反応もしない。

「……調べさせてもらいますね」

弥登はコッカンバーを取り上げる。クッキーバータイプのコッカンバー。製造年月日は二年以上前。製造されたのは中国地方の農場。当然消費期限は二年前に切れている。

だが、封は切られていない。

「二杯なら」

「ほ、本当ですか」

「ですが……栄養価と言う意味では、うちの商品よりも、たとえ期限切れでもコッカンバーを召し上がった方が……」

「こんなの、人間の食べるものじゃありませんよ」

「っ……」

みすぼらしい姿の男は、弥登が飽きるほど聞いてきたその一言を発した。

「今日ね、うちのガキの誕生日なんですわ。美味いもん食わせてやりたいじゃないですか。コッカンバーは栄養はいいし綺麗な食い物かもしれねぇが、美味くもないし子供も喜ばねぇ」

子供が喜ぶ。

そんな考えで食べ物を選ぶ人間を、弥登は見たことも聞いたことも無かった。

男は満面の笑みでコッカンバーと器を差し出し、弥登はぴったりレードル二杯分、カレーラーメンをよそった。

前の三人に比べていっそ大袈裟なくらい男はぺこぺこと頭を下げて去ってゆき、弥登は呆気に取られてしまう。

「何やってんの。テーブルに置きっぱなしにしたら、誰かにかすめ取られるよ」

呆然としていたところに明香音から注意され、弥登は慌てて代金のコッカンバーをテーブルから回収した。

明香音はそれを手に取り、まじまじと眺める。

「二年前の未開封コッカンバーか。私だったら一杯しか渡さなかったけど、あんたは何で二杯って判断したの」

「研修で、広島農場のコッカンバーは比較的『マシ』な味だって聞いたことがあるの。あとは、クッキータイプのバーで真空パック。食料国防隊員としては許容できることじゃないけど、消費期限を過ぎてもかなり長期間、アディクターが保管してたケースがあるって聞いたわ。だったらこのコッカンバーは今も食べられる。栄養バランスは損なわれていないはずだから、二本で二食分の価値はある」

明香音は少し感心したように頷いた。

「ま、悪くないんじゃない？　ほら、次のお客来るよ」

明香音の評価を得られたことで、自分の判断に自信が持てた弥登は、意気込んで次の客を迎える。

「あ、い、いらっしゃいませー！　一杯五百円で……」

「この鉄パイプ二本で一杯もらえるか」

「明香音さん助けて！」

「今時どんな混ぜ物がされてるかも分かんない単管パイプ二本で一杯あげられるわけないでしょ！　せめてキロ単位で持ってきなよね！」

「基準が全然分からない！」

その後も弥登に理解できる現金を持った客は全体の三割にも満たず、その一方で物々交換の品目は、拳銃の弾丸からハーブと称する胡散臭い雑草、古びた工具や鉄板、もちろんコッカンバーや食べ物など多岐に及び、ニッシンが帰って来る頃には、弥登の頭は完全にパンクしてしまっていた。

「おー、どうだったこっちは」

夕方五時頃、ニッシンが戻ると、明香音はカウンターテーブルの下で青息吐息の弥登を指さした。

「別に大したことなかっただろ」

「お客の三分の二が私の常識の外にいる人達だったわ……」

「そりゃよかった。明香音の感想は？」

「ま、初めてにしちゃよくやってたんじゃない？　まぁ半分近くは私が対応したし、中には『噂の食防隊』を見に来た冷やかしもいたけど、市場の噂が広がってるのか喧嘩売って来るようなのはいなかったよ。払いも概ね大丈夫だったと思う。後で検分して」

「よし。どんくらい残った？」

「食防隊効果かしんないけど、ほぼ売り切れ。二、三杯くらいしか残ってないんじゃない？」

「こっちもまぁあと五杯ってとこか。明香音、どうする？」

「もらってく」

「今日は一日弥登の研修に付き合わせたからな」

「それも、対価？」

よろよろと立ち上がった弥登が尋ねると、ニッシンは頷く。

「明香音か美都璃にうちを手伝ってもらうときは、イーストウォーターのガキどもの分のメシを渡す約束なんだ」

ニッシンはそう言うと、寸胴の底を浚って、アルミ製のバットにカレーラーメンをよそって明香音に渡す。

明香音と美都璃、子供達の分で七杯分。残り一杯は。

「これが今日の晩飯だ。まぁ賄いだな」

鍋を火にかけ温め直したものを、ニッシンは欠けたどんぶりによそって弥登に差し出す。

この日は朝にシーチキンバゲットを食べてから一切のまず食わずだったことを思い出した弥登は、躊躇わずにカレーラーメン最後の一杯を受け取った。

一抱えもある寸胴鍋に残った最後の一杯だからだろうか。具らしい具はあまり残っていなかった。

インスタント中華麺はもはや伸びた伸びてないを論じるような次元ではなく、カレー味の中にあってぼやけた味わいという負の奇跡を起こしている。

そんなどろどろずるずるでも麺は形が残っているからまだいい方で、ジャガイモは完全に溶けて消えており、人参も微かに欠片が残るのみ。

カレーそのものの味も、辛みが強いわりにカレー特有の香辛料の香りはどこか軽く、味わいにコクもない。

あの大楠山以前の弥登ならば、たとえどれだけ空腹でもこんなものを口に入れようとは思わなかっただろう。

だが今は、この、カレー味だからなんとか食べ物として成り立っているこげ茶色の泥のようなものが、まさしく五臓六腑に染みわたるほどに美味しい。

「どうして一度茹でた麺をまた伸ばすようなことをするのか不思議だったけど……こうすれば、美味しい状態で食べるよりも、きちんとお腹に溜まるのね」

ニッシンは満足げに頷くと、弥登から皿を受け取って洗い始める。

「カレーにしろラーメンにしろ、いわゆる一品ものっていうのはよく噛んで食べないから、満腹中枢が動きにくいんだ。昔はそのせいで間食に走ったり大盛りにして食いすぎたりなんてことがあったらしいが、今は間食できるようなおやつも、大盛りにできるような食料も無い。だから結局、最低限美味いと感じられる味で腹に重しを入れられるものが重宝される。今日はもう明日の朝飯まで何も食えないからな。覚悟しとけ」

「そう言うニッシンは？　夕食は何か食べたの？」

「ん？　ああ、そういやまだ何も食ってないな」

「……もしよかったら、私に作らせてもらえないかしら」

「弥登が？」

「ええ、冷蔵庫の食材を使わせてもらっていいなら、だけど」

ニッシンは明香音と顔を見合わせてから、頷いた。

「やってみてくれ」

「任せて！」

弥登はぱっと顔を明るくすると、早速冷蔵庫を検分し、手早く食材を準備する。

カレーを作るときに余った玉ねぎと人参、それに小麦粉と片栗粉(かたくりこ)と醤油だけ。

「それにこれも」

そして弥登は、キッチンの寸胴とニッシンが持ち歩いた寸胴から、縁にこびり付いたほんのわずかなカレーをスプーンで丁寧にこそぎ取ると、水を張った鍋に落とす。

玉ねぎと人参を大きく一口大に切ってカレー水に放り込み中火にかけると、その間に小麦粉と片栗粉を三対一程度の割合で適当に混ぜ合わせ、そこに水を入れてボウルの中で捏(こ)ね始める。

市場で五人を向こうに回して圧勝した膂力(りょりょく)はあっという間に混ぜた粉を団子状に成形し、煮立ち始めた鍋に落としてさらに煮込んだ。

「へぇ、食防隊が、ねぇ」

明香音が心底感心したように声を上げた。

そこには、カレーだしすいとん的な何かが出来上がっていた。

的な、というのは、すいとんには必要な塩が入っていなかったし、残っていたカレーは香りづけ程度の役にしか立っておらず、醤油をただ入れただけでは味にトゲが出て、出汁を名乗るのは無理がある。

明香音が感心したのは食料国防隊員が、ほとんど残飯のようなカレーの鍋のこびりつきをレシピに取り入れ、材料が足りないすいとんを完成と割り切って一品を作ったことだった。

『正しく作られた食事』以外は許されていないはずの食料国防隊員は、たった一日で『横須賀のアディクター飯』を理解し、作って見せた。

「も、もしよかったら……」

「俺一人で食うにはちっと多いな。明香音、食うか？」

「ん、折角だし、いただこっかな」

「ほ、本当!?」

「だがここで立ち食いは行儀が悪い。折角弥登が作ってくれたんだ。『店』の方で食おう。明香音、器と匙、持ってきてくれ」

ニッシンは弥登の作ったすいとんの鍋を手に取ると、キッチンの奥、ビルの奥に通じる戸に向かった。

そこだけ後からつけたような戸に違和感を覚えた弥登だが、ニッシンに促されてその先に行くと、あっと声を上げそうになった。

そこには、ニッシンの自宅のダイニングにあったテーブルセットと同じ卓が広がっていた。

いや、逆だ。ニッシンの自宅のダイニングは、この店のフロアを模して設えられたのだ。

テーブルの中央の一輪挿しに花が挿さっていないこと以外は、全てが同じ構成だった。

「これって……」

「親父と母さんがやってた店だ。今は閉めてんだけどな」

ニッシンは手近な卓に座ると、一輪挿しを除けて真ん中に鍋を置く。

明香音がお玉と器と匙を持ってニッシンの向かいに腰かけると、すいとんをニッシンと自分で分け合ってよそった。

「「いただきます」」

調味料は醬油だけ。だが一口大でありながら隠し包丁を入れた玉ねぎが煮込まれる過程で甘みを広げ、カレーの香りで何とか美味しく食べられる味に仕上がっていた。

大き目なすいとんは歯ごたえが強く、腹にずしりと重く響く。

「美味いな」

「ま、悪くないんじゃない」

二人の評価に弥登はほっと胸をなでおろす。

「明日はこれで行くか。カレーはもうねぇからその分野菜と、何か適当なもん煮詰めて」

いきなり商品に採用されてしまった。

「すいとんはきちんと個数を管理すれば杯数を勘定しやすいし、たまにやってたんだよ。何も言わなくても弥登が作れるんなら、こっちも楽だからな……ごちそうさま」

鍋いっぱいをすっかり食べきると、ニッシンは鍋と食器をさっと洗い、照明を落としガスの元栓を締め、明香音と弥登を外に出すと通用口に鍵をかける。

「さて、いい時間だな。坂城のおっさんのとこにヤドカリ取りに行かなくちゃ。明香音は、どうする？」

「んー」

弥登をヒュムテックのコックピットに乗せることに文句がありそうな明香音に問うと、明香音はニッシンと弥登を交互に見ながら、顔を顰める。が、すぐに決断した。

「美都璃達が待ってるし、帰る。走水まで往復してたら時間かかりすぎる。弥登！」

「な、何？」

「…………や。やっぱいいや」

「何なの!?」

「何でもないよ！　余計なことは言わない。それじゃあね！　おやすみ！　明日からは一人で頑張んなよ！」

明香音は捨て台詞(すてぜりふ)のようにそう言うと、バイクに跨りカレーラーメンを積んだ箱とともに夜の横須賀の町を走り去った。

「随分仲良くなったみたいだな」

「これ、仲良くなれてるのかしら」

甚だ疑問ではあるが、少なくとも受け入れてくれていることだけは間違いないだろう。

ヤドカリを預けた坂城のヒュムテック廠に向かう間、弥登は夜の横須賀に目をこらし、耳を澄ませた。

暗く、静かだ。鎌倉も静かな町ではあるが、それでも人の営みの気配が町を覆っている。

横須賀にはそれがない。

かつて巨大な軍港、港湾都市として栄えた町とは思えない。

「町が寝息を立ててるんだ」

「え？」

「静かだろ。夜はエネルギー使いたくないから、みんな早く寝ちまうんだ。グレーチングストリートは共同で管理してる発電施設があるから夜も飲み食いできるが、大体の奴らは夜寝るんだ。エネルギーもタダじゃない」

空を見上げると、星がくっきりと見える星空だ。

それほどに、地上の光が少ないということでもある。

「町が寝息を立てている、か。随分詩的なことを言うのね」

「母さんがよく言ってたんだ。人も町も、夜は寝るべきなんだって」

「お母様……？」

ニッシンの口から、初めて仕事以外のプライベートな言葉が飛び出した。

弥登はつい色めきだつが、何かを問いかける前に、ニッシンが過去形で語ったことと、彼の周囲に彼の家族が生活している気配が一切ないことに思い当たる。

「ああ、一応先に言っておくと、母さんは五年前に死んだ。親父も十年前にいなくなった」

「……聞かないでおこうと思ったのに」

「避けられる気まずい空気は事前に避けておくに限る。まぁ、積極的に聞けとは言わないが、横須賀じゃ珍しいことじゃない。キッチンの店は母さんが色々手配して作ったもんなんだ。家の台所も、似たような感じだったろ」

「正直、ニッシンらしくないとは思ってたわ。調理技術や知識は、お母様から？」

「そういうとこもあるし、シンジケートの大人に教わったこともある」

「でも、ならキッチンは今はあなたの持ち物なんでしょう？　どうして走水に住んでるの？あのビルも、他の階に人が住んでた様子はないのに」

「色々事情があってな」

ニッシンは弥登の疑問をはぐらかした。丁度坂城のヒュムテック廠に到着してしまい、話はそこで途切れてしまう。

弥登は外で待っているつもりだったが、坂城がニッシンに弥登を招き入れるように言うので中に入る。

明香音と買い物をしていたので坂城との顔合わせはこれが初めてだったが、坂城は挨拶もそこそこににやにやした笑みを浮かべ、整備の終わったヤドカリのコックピットを指さしながらニッシンに何かを説明していた。

ニッシンは困惑していた様子だったが、やがて苦笑して頷き、整備費を支払う。

「どうしたの？　何か大変な故障が見つかったとか」

「そんなんじゃねぇよ」

答えたのは坂城だった。

「これからあんた、しばらくニッシンの厄介になるだろ。だったら、これがいるだろが」

坂城はコックピットのハッチを開けると、弥登に上がってくるように言う。

言われるままに中をのぞいて、弥登は目を見開いた。

「複座式にしといたぜ」

単座式だったはずのコックピットが複座式になっている。

しかも単にシートを設置しただけでなく、なにがしかの操縦までできるようになっている。

「シリンダー程度で高すぎると思ったんだ。おやっさんまさかこれ……」

「お前も納得したろうが。右足はバッチリ整備しといたぜ！　金は払えよ！　じゃあな！」

話は終わりとばかりにニッシンも弥登もヤドカリも叩き出され、背後で工廠の火が落ちる。

「……仕方ねぇ。帰るか」

「え、ええ」

あるものを使わない、という訳にも行かない。

弥登は、やや窮屈ではあるが、それでも丸まって入るよりはずっと居住性の良くなった後部座席に体を入れる。

「ねぇニッシン。このヒュムテック、ハッチを開けたまま走れる？」

「できるが、どうしたんだ？」

「ううん。ちょっと、外を見ながら帰りたいの」

ニッシンは特に深く考える様子もなく、

「ベルトだけはしろよ」

そう言って、ハッチを開けたままヤドカリを発進させた。

寝息を立てる町を、ヤドカリの静かな駆動音と、段差を乗り越える音、そして海の音だけが撫でてゆく。

弥登は星空を見上げながら、今日一日のことを思い出していた。

かつて日本では、川一つ、山一つ隔てた先は別の国であった時代があった。

今日の横須賀での体験は、まさに別の国で過ごしているかのような感覚だった。

市場では、危険な目にも遭った。

目を逸らしたくなるような現実も、今日は目に入らなかっただけできっとそこかしこにあるのだろう。

それでもずっと違法だと、野蛮だと、危険だと言われていた場所には、社会があり、規範があり、経済があり、そして人間が暮らしていた。

「私は……本当に何も知らないのね……」

ヒュムテックの操縦に集中しているのか、それとも弥登の物思いを大事にしてくれているのか分からないが、聞こえているはずのその声に、ニッシンは何の反応も示さなかった。

走水の自宅に帰宅すると、ニッシンは自室の前で隣の部屋を指さす。

「今日はもう服やら何やらあるんだから、こっちで寝ろよ」

ニッシンが指さすのはイーストウォーターの看板が掲げられている隣の部屋。

だが弥登はその看板をしばらく見てから、首を横に振った。

「悪いけど、今日はまだあなたの部屋を出る準備が整っていないわ」

「あ?」

「だってここは、明香音さん達専用の部屋でしょう？　私が勝手に使って寝床にしたら、明香音さん達はいい気はしないと思うわ」

「いや、管理してるのは俺だし」

「それは本当にダメ。予言するけど、もし私がこの部屋を勝手に使ったなんてことが明香音さんに知られたら、割とシリアスに機嫌が悪くなると思うわ」

「んんー？　いや、でも俺とお前が一緒の家で寝てる方が……」

「何も無ければ問題ないでしょう。それに私の今の経済状況じゃ新しい部屋を自分用に改造するなんてできないし、私を二十四時間あなたの管理下に置かないのはシンジケートの決定に逆らうことなんじゃないの？」

「いや、でもな？　それも建前というか」

「明日、布団を用立てるわ。明香音さんに教えてもらったから買える場所は分かってる。睡眠の邪魔はしないから、ここにいる間はあなたの部屋で寝かせてもらうわ」

弥登はそう言って、さっさとニッシンの部屋に入ってしまった。

ニッシンはイーストウォーターの手書きの表札を見ながら、

「いやぁ……いやぁ？」

得心がいかず、何度も首をひねったのだった。

第四章　西紅柿炒鶏蛋とカップラーメン

「おはようニッシン。昨日は本当に疲れてたみたいね。朝ごはん、出来てるわよ」

翌朝、弥登はニッシンの自宅のキッチンで、味噌汁の味を調整していた。

「居候させてもらってる身分なんだから、これから出来る家事は私がやるわ。今日の朝食は、キーマカレーと目玉焼きのトーストよ」

寝室からのっそりと寝ぼけ顔で出てくるニッシンに得意げにそう告げると、弥登はフライパンに油をひき、卵を落とす。

「私、固焼きが好きなの。だから、あと五分くらい待ってね」

弥登がそう言った途端。

「ちょ、ちょっとニッシン？」

ふらふらしているニッシンが、そのまま弥登の背中に寄りかかって来た。

「弥登ー？　弥登ー」

「お、お腹空いてるの？　あ、あと五分で出来るから、あ、危ないわ。ダメ、ダメよニッシン、今、ご飯を作ってるんだから……あ……！」

ニッシンの圧力を背中に感じ、その途端、急激に世界が崩れ始める。

「ニッシン……駄目、そんな、ダメよぉ……」

「弥登、おーい弥登。いい加減起きろ。朝飯だ」

「ダメぇ、ニッシン……そんにゃ……あと五分……」

「おい」

「ふふ……ニッシン……駄目よぉ、もう少し我慢しないとぉ…………んがっ⁉」

「どんな夢を見てんだお前は⁉」

弥登は強い衝撃を受けて目を見開いた。

視界に一気に朝の光が注ぎ込み、目の奥に鈍い痛みを覚え、状況が分からず周囲を見回すと、あきれ顔のニッシンと目が合い、同時に襖の向こうから味噌汁の香りがすることに気付く。

「……あれ……にっしん……私、朝ごはん……」

「もうできてる。さっさと起きて顔洗って来い」

「はぁい」

弥登はぼやぼやと立ち上がり、寝室を出て洗面所にフラフラと向かい、顔を洗う。そして。

「…………………………おはようございます」

つま先まで赤くなりながら、食卓についた。

「おう、おはよう」

「一応伺いたいんですが、私、どんな戯けた寝言を申しましたでしょうか」

「それ確認いるか？」

「いえ……ですが、内容次第ではやはり私は、明香音さんに隣室の使用許可をいただくか、新しい部屋を整備する方がいいのではないかと考える次第で」

「弥登が自力で起きられない限り俺が起こすんだから、どこに寝てても変わらんと思うぞ」

ぐぅの音も出ないとはこのことだった。

「まあ、確かなことは言えないが。多分弥登が見た夢の通りのこと、言ってたんじゃないか」

「んんっ……」

「夢ン中で俺と何してたのか知らないが」

「ちが、違うの！　わ、私が、朝ごはん作ってて、それで、ニッシンの方が、ニッシンが悪いのよぉ……！」

「よしよし。明日は頑張って自分で起きような」

「ううう～」

弥登にとって決して濃くないはずの味噌汁は、どこか屈辱の塩味だった。


弥登の横須賀生活二日目。

この日は坂城の工廠に行かず、明香音がいないことを除けば、初日とほとんど変わらなかった。

行く先々で噂の食防隊員かと誰何を受けはしたが、初日ほど嫌味を言われることも突っかかられることもなく、つつがなく買い物を終えて昼前にはキッチンで弥登のアイデアを採用したすいとん汁が完成していた。

カレーは前日に使い切ったので、薄い味噌に塩を足して味を誤魔化し、その分すいとんにも塩を使って腹持ちをより良くした味噌すいとん汁だ。

「今日はテーブルは出さなくていい。売り歩きやってみるか」

「え？　お店は？」

「普段は一人でやってるから実は店開けてる方が珍しいんだ。明香音や美都璃が手伝ってくれるときだけ開けてる。今日は弥登の売り歩き初日だから顔見せもかねて俺がついてく。俺が別の仕事をする日も、弥登がこれをやってくれりゃ稼ぎが増える。しっかり覚えてくれ」

「分かったわ。明香音さんからは、屋台の車を引くって聞いてたけど」

「そんな大げさなもんじゃないけどな」

ニッシンが倉庫から引き出してきたのは、魔改造された大八車だった。

底上げした底面と、左右が別々に動くサスペンションのついたブレーキ付きの車輪。

路面が荒れ果て、坂や凹凸も多い横須賀の街のための大八車だ。

「基本的には店で売るのとやりようはほとんど変わらない。ただ、一個だけ店とは違うことがある。それは現場に着いたら話すが、気を確かに持って、油断だけはしないようにな」

すいとんを売るのに油断も何も無い気はするが、少なくとも単に金勘定だけしていればいい接客販売とは違うので、弥登は昨日の店での支払い傾向を必死で思い出し、食事の『対価』として支払われそうなものを必死で考える。

明香音から屋台と聞いた時には、どこか一つの所に腰を据えるのかと思いきや、意外にもキッチンを出発して角を曲がってすぐのところで、最初の客に出会った。

一杯の値段は昨日と変わらぬ五百円。

身構えていた弥登だが、最初の客は千円札を出して二杯分のすいとんを鍋に入れて帰って行った。

次のブロックに差し掛かるとまた二人。

さらに次のブロックでもまた二人と、行く先行く先でどこからともなく鍋や器を持った客がふらりと現れてニッシンに声をかけ、支払いをしてすいとんを受け取ると去ってゆく。

六人目の客でこの日初めて金ではなく現物が出され、ニッシンはトマトのホール缶一つに対し、すいとんを五杯提供した。

「そんなに貴重な缶詰だったの？」

「トマトのホール缶はマジでなんにでも使えるからな。味噌汁にトマトが使えるって言ったら信じるか？」

「味噌汁にトマト⁉」

「中華料理じゃトマトと卵の組み合わせはごく当たり前の家庭料理なんだ。味噌汁にだってしっかり合う」

「ああ、西紅柿炒鶏蛋（シーホンシーチヤオジーダン）のことね」

中国東北部の家庭料理、西紅柿炒鶏蛋（シーホンシーチヤオジーダン）。字面（じづら）は厳（いか）めしいが、要するにトマトと卵の炒め物だ。

弥登も横浜では何度も食べたことがあり、中華料理の定番中の定番と聞いたことがあった。

「ニッシンが中華料理に詳しいのは、シンジケートの影響なの？」

「母さんと端木のおやっさんが仲良くてな。親父も、昔は横浜で料理の仕事してて、中華街の料理人と親しかったらしくて、うちには中華料理のレシピが結構残ってるんだ。あとは中華料理は適当に作っても美味いのと、横須賀に入って来る調味料と相性がいいってのもある」

ニッシンが言うには、日本料理のさしすせそ、砂糖、塩、酢、醤油、味噌のうち、塩と酢は海外からの密輸入品が多く入るが、砂糖と醤油と味噌はどちらかと言えば貴重品の類らしい。

その点、東南アジアや台湾や香港（ほんこん）から入って来る中華料理用化学調味料は、値段も比較的安価で量も確保しやすいという。

「戦後、食料安全維持法に違反して横浜の中華街を追われた中華系住民や中華料理の料理人が横須賀に流れ着いて旧米軍系の密輸ルートと食材と出会ったことで、今の横須賀流の基礎を作ったって言われてる。元々グレーチングストリートの影響で無国籍風の街だったらしいからな。料理のミックスカルチャーとも、相性が良かったんだろ」

中華料理用化学調味料と言えば、食料安全維持法に違反していないところを探す方が難しい第一級の禁制食材である。

「ニッシンも、扱ってるの？」

「入ってきても高いからな。自分では二、三回しか使ったことが無い。もっぱら、輸入したもんをよそに届けるくらいしかしてないな」

「そ、そうなのね」

今、とんでもないことを聞いてしまった気がする。

ニッシンがよそ、と言うからには、横須賀に輸入された中華料理用化学調味料が、どこかに持ちだされているということだ。

新人の頃の研修で、化学調味料をお湯に溶かして高級スープ『高湯（ガオタン）』と称し販売していた中華料理店が横浜で摘発され、大問題になったケースを学んだことがある。

「実際使うと信じられないくらい美味いんだ。パッケージに書かれてる成分を端末のおやっさんに教えてもらって自分であのスープを再現してみようと思ったことがあるんだけど、どうにもうまくいかなかった。やっぱ添加アミノ酸の力ってすげぇんだなって思ったよ。匂いもめちゃくちゃよくて、千円つけても飛ぶように売れた」

「ふ、ふーん……そうなのね」

「ま、機会があったら食わせてやるよ。カップ麺と比べても、段違いの美味さだからな」

そう言えば、横須賀に来る大きなきっかけとなったカップ麺に、未だ巡り合っていない。

買い出しのときにも李の店にも、それらしきものを見た覚えはなかった。

今となってはさほど大きな問題ではないが、それでもけじめとして食べておきたいという自分でもよく分からない欲望が鎌首をもたげる。

「そう言えば、まだカップ麺を食べてないわ。どこかに売ってるの？」

「ああ、そういや弥登の目的はカップ麺だったよな。まあ……そうだな。今日は、食わせてやってもいいかもな。今日は多分、まともなメシは喉を通らなくなるだろうから」

「え？」

ニッシンの言葉に一抹の疑問を覚えた弥登だが、真意を問う前に新たな客が現れそちらに気を取られてしまう。

場所か、または時間の問題か、これまでの通りより大勢の客に囲まれ、ニッシンに紹介されたり、昨日よりも訳の分からない対価を差し出され混乱したりで、その疑問はあっという間にどこかに行ってしまった。

二時間ほど歩き回り、寸胴の中のすいとんもあと十杯分くらいになった頃だった。

「えっ……何、この臭い……」

突然、鼻の曲がりそうな異臭があたりに立ち込める一角に入り込んだ。

これまでも細い路地を辿って来たが、中でもひときわ細く、しかも傾斜の強い道から、異様な臭いが漂ってくる。

「ここだ」

そしてニッシンは弥登を連れて、その通りに迷いなく入っていった。

廃墟のビルの狭間となったその道には日光も差し込まず、風も通り抜けない。

「これ……は」

通りには、人間が横たわっていた。いや、横たわっているのは、かつて人間だったものまで含まれていた。

「ひっ……」

弥登の足下を、信じられないほど大きなネズミが走り抜け、壁にはゴキブリが這いまわっていた。

「ほ、本当にここに行くの?」

「ああ」

通りの端には寝転がる人間と元が何だったかも分からないようなゴミがうず高く積まれていて、ニッシンの大八車が通るのがやっとの幅だ。

ニッシンが前を、弥登が後ろを押して、車は通りに入っていく。

こんな場所を通ったら、食べ物に臭いが移ってしまうのではないかとすら思う弥登は、信じがたいものを見た。

ニッシンが、器を持って差し出された手を蹴り飛ばしたのだ。

うめき声を上げて転がった器を拾う手は、そのまま二度とニッシンには差し出されなかった。

「ニッシン、な、何を……」

「余計な口は利くな」

そうこうしている間にも、ニッシンはまた一つ、差し出された手を蹴った。

そのままニッシンは静々と通りを進み、まるで子供が道端の石を蹴るように、差し出された手を蹴り飛ばしてゆく。

そして十一回目で初めて、

「弥登、一杯」

差し出された手に屈みこんで応じた。

応じた相手は、イーストウォーターにいる子供達と同じくらいの子供だった。

汁物をよそえば漏れてしまいそうなボロボロのプラスチックの器と一緒に、差し出しているものがあった。

花だ。

価値のある花ではない。横須賀の街にも山にも、いくらでも咲いている花だ。

ニッシンはそれを受け取ると、子供から器を受け取り、戸惑う弥登に差し出した。

「い、一杯で、いいの？」

「ああ」

とても五百円の価値があるとは思えないその花の代わりに提供された一杯のすいとんを、子供はその場でむさぼり食った。汚れた手ですいとんを摑み、音を立てて食う。

「行くぞ」

ニッシンは完食を見届けることなく先に進み、またいくつかの手を蹴り飛ばし、今度は歪(ゆが)んで錆(さ)びたネジを十個差し出してきた男に、一杯を提供した。

男もまた子供と同じように手ですいとんを食い、ニッシンはそれ以上彼には一瞥(いちべつ)もせず車を進める。

そしてまた十数メートル進んだ。

弥登は、きっとその光景を一生忘れられないだろうと思った。

子供が倒れていた。寝転んでいるのではなく倒れていると分かるのは、車が行く道に力なく投げ出された腕が木の枝のようにやせ細り、その指には何の力も無かったからだ。

呼吸はしているが、目を開けない。車の通り道から腕をどかすこともしない。

そして、子供の傍らに、母親が倒れていた。

いや、母親だった者が、倒れていた。

息がないのは一目瞭然だった。何故なら靴すら履いていないそのつま先をネズミが……。

「う、ぐぅっ……おぇっ……」

弥登は耐え切れず、その場でうずくまって嘔吐してしまう。

出がけに試食したすいとん汁がそのまま地面に落ち、

「ひ、あ！」

どこかのゴミの隙間から這い出てきたゴキブリが、弥登の吐しゃ物に一斉に群がり、弥登はそのまま後ろに飛びのいて尻もちをついてしまう。

「弥登、その子を車へ」

「へ……ぁ……」

弥登はニッシンの言うことが理解できなかった。何をすればいいというのだ。ネズミに食われている母親の死体に近づいて、子供を抱き上げろと言うのか。

「できないのか」

動けない弥登に、ニッシンが変わらぬ調子で尋ねる。

「……でき……できる、やる、やるわ……」

通りに満ちる異臭と嘔吐した味で、弥登は混乱の極みにあった。

吐しゃ物にたかるゴキブリを踏みつぶして、弥登は恐る恐る、横たわる子供に近づく。

饐えた異臭と、泥と、衣類にたかる虫。

目の前に死にかけている子供がいるのに、目に映る全てが生理的嫌悪感を呼び起こさずにはいられない。

「ひ、あ……」

子供は、恐ろしく軽かった。

意識の無い人間の重量を、弥登は知っている。

それなのに、まるで枯れた灌木のように乾いた軽さだ。

ニッシンの指示で子供を大八車に乗せると、ニッシンはその子を乗せたまま通りを抜けた。

太陽の光が戻ってきた表の通りで、弥登はへなへなと座り込んでしまう。

弥登が使い物にならなくなったと判断したか、ニッシンは弥登に構わず自分の荷物から、何故か急須を取り出した。

その急須にすいとんの汁だけを入れて、子供の口に注ぎ口を突っ込み、少しずつ少しずつ、汁を口の中に注ぎ込む。

味と水分が、その子の意識を取り戻させたのだろうか、子供は目を開けたが、腕も足も、動かすことができないようだった。

「ゆっくりでいい。落ち着いて飲め。お前は、運がいい」

ニッシンは子供をしっかり抱きしめ頭を支えながら、十五分以上の時間をかけて、急須に入れた汁を子供に飲ませた。

徐々に目がしっかりと開いた子供に、今度は持ってきた水筒を差し出す。

ニッシンが自宅の水道から水を用意した水筒を、子供は力の入らない手で支えながら飲もうとする。

もちろん、枯れ枝のような腕と手では、水筒の重さを支えられない。

ニッシンは介助をしてやりながら、やはり少しずつ水を飲ませた。

弥登は、ただその光景を呆然と見ていることしかできなかった。

ニッシンが一度水筒を子供の口から離すと、

「…………ぁ」

子供が初めて声を発した。

弥登は耳を覆った。

絶望の声だった。

きっとこの子は、命の水を奪われると思ったのだろう。

「立つのは難しそうだな。大丈夫だ。水も、飯もお前のものだ。誰も取ったりはしない」

だがニッシンは優しくそう言うと、また急須に汁を入れて子供の口に入れてやる。

「何日も食ってないんだろ。急に入れると、体が壊れる。今日はまだ、水とだし汁で我慢だ。明日になったら、美味いもんを食わしてやる」

「…………ぇ……ぁぁ……」

それが理解をしたという返事なのか、単なる反応なのか、弥登には分からなかった。

ニッシンは二杯目の急須を空にすると、大きく息を吐いた子供を車に乗せる。

「弥登」

「……」

「今からこの子を。イーストウォーターに運ぶ」

「……」

「立て。これは仕事だ」

ニッシンの声は厳しかった。

「立てるだろう。弥登はこの子と違って今日も、昨日も、一昨日も、その前も、水を飲んで、飯を食ってるんだ」

「っ」

とても現実とは思えない光景を見て、弥登の足腰は完全に砕けていた。

だが、そんな弥登をニッシンは立たせた。

弥登を立たせたのは、自分は恵まれているんだという『罪悪感』だった。

その後、弥登はどうやってイーストウォーターにたどり着いたのか、覚えていなかった。

きっと、酷(ひど)い顔をしていたのだろう。ニッシンを迎えに出てきた明香音と美都璃は、弥登にほとんど声をかけず、すいとんの残りと子供を抱えてイーストウォーターの建物に入って行ってしまった。

気が付くと弥登はキッチンに戻っていて、目の前にはカップ麺が一つ、置かれていた。

「食えるか」

「……食べられない……って言うのは、この場合許されないのかしら」

「別にそんなことないさ。誰にも初めてってことはある。明香音も美都璃も、何も言わなかっただろ」

「単に呆れられてるだけかもしれないわ。好奇心だけで物見遊山に来た都会のお嬢……お嬢様が……っく……」

弥登の声に、嗚咽が混じった。

「何も……知らない、食料国防隊員が、餓死した人間を見て、腰を抜かして吐き戻したのよ！　アディクターから見れば、いい笑い物じゃないの⁉」

「……」

「私だってバカじゃないわ！　あの人達がどうして……どうしてあんなところで餓死しなきゃいけなかったのか……簡単よ。食べるものさえあれば、食べるものさえあれば……‼　それを……奪ったのは……！」

食料安全維持法。

健康的で、一切の添加物を含まない、清浄な食品以外のものを食べることを違法とした、この世界。

弥登は頭を抱えて呻いた。

食料安全維持法は日本国民を食から健康にするために制定された法律のはずだ。

弥登が生まれるずっと以前に制定され、その理念を、食料安全維持法を守り得る人間は、今も信じている。

弥登も、ほんの三日前までは多少の疑問を抱きつつも信じていた。

だが。

農薬も殺虫剤も使わず、食料安全維持法に適した野菜をどれだけ作れるだろう。

一切の添加物無しに一定期間の輸送や保存に堪える食品がどれだけあるだろう。

食料安全維持法が制定されてほどなく、肉と魚の加工食品の生産量が激減し、生肉と生魚だけが冷蔵、冷凍、乾燥、燻製(くんせい)のいずれかの方法でのみ保存され輸送をされるにとどまった。

それすら保存期間の短縮による需要の増大に生産量が追い付かず、かと言ってどんな添加物の入った飼料で飼育されたか分からない外国産の食肉は完全禁輸となった。

北米やオセアニアの牛豚肉、南米から輸入されていた大量の鶏肉(とりにく)が流通しなくなり、国産の食肉価格が暴騰。

野菜と食肉が一般消費者に徐々に行き渡らなくなり、元々生産高と消費量のバランスが取れていたはずの米と麦と雑穀と水産物の奪い合いが始まり、結果こちらも高騰。

更に人口減によって国産農作物の生産者自体が減り、食料安全維持法に適する食品の総生産量は、日本の抱える人口に行き渡らなくなった。

その事実を糾弾し是正しようとした者は『反健康主義者』として『粛清』され、この事態を想定していたかのように全国各地に立ちあげられた国営農場『NFP』に収容された。

NFPに入った人間が釈放された例は無く、その中で健康寿命を維持できるのは十年が限界とされている。

それでも政府と食料国防庁は、NFPの作業を国民と国家の福祉に資する誇りある仕事であり、衣食住を保障された文化的な場所だという見解を崩していない。

『コッカンバーなんか、人間の食べるものじゃありませんよ』

「っっ～……うう……」

弥登が正しいと信じて疑わなかった国家公認の食品よりも、原材料が何かも分からない違法料理を子供のためにと買っていった客の顔がフラッシュバックし、弥登はまた嗚咽を漏らした。

端木も李も坂城も青果店の店主も、美都璃も明香音もニッシンも、皆知っていたのだ。

食料国防隊が日本人に守らせている法が、あの死の裏路地を作っていることを。

ニッシンの顔を見ることができない。

一体どのツラを下げて、自分はニッシンに横須賀に連れて行けなどと言ったのか。

これまでニッシンに向かって吐いたお気楽な言葉の一つ一つが弥登の心を苛(さいな)んだ。

「……参ったな。こんな効いちまうとは。ここまで追いつめるつもりじゃなかったんだ」

だが、次に耳を打ったのは、思いがけず優しい声色だった。

「悪いな。逆に俺が弥登を侮ってた。横須賀生活は、お気楽なだけじゃないぞってことを教えるだけで、弥登の食防隊の矜持を傷つけるつもりはなかったんだ」

「……そんなこと言われても遅いわよ……あの光景を作ることに、加担してきたなんて、分かってたはずなのに、考えようとしたこともなくて……自分の、傲慢さが……信じられない」

「真面目なんだな。本当に」

ニッシンは弥登の背を優しくさすった。

「弥登。市場でさ、線の話、してたろ」

「……線？」

「俺も、線を引いてる。思い出してくれ。俺はあの通りで、最後の子供以外、誰かを助けようとしたか？」

思えばニッシンは、差し出される手を本当に蹴り飛ばしていた。

ニッシンが商品を渡したのは、花を持った子供と、錆びたネジの男だけ。

「……対価？」

「それと、生きようとする意志だ」

弥登の出した答えに、ニッシンは付け足した。

「あんなような通りは横須賀にいくつもある。アディクターにもなれず、仕事も得られなかった奴が行きつく場所だ」

「あんな通りが、いくつも……？」

「弥登は、国家の線の話をしていたな。俺はあの通りの奴からも、対価を取る。対価を払う意思を示さない人間は、俺が救う相手じゃない。それが俺の引いた線だ」

「……」

「いや、正確には違うな。俺の母さんの引いた線だ。母さんは慈善事業には絶対に手を貸さなかった。他人がやることを止めはしなかったが、自分では絶対にしなかった。弥登はそんな俺の母さんを、残酷だと思うか？」

「分からない……分からないわよ……そんなの」

「そう、分からないんだ。誰にも正解なんて分からない。母さんは、あの通りの住人を決して救ったりしなかった。何故なら客商売をするからだ。全ての『客』を公平に扱わなきゃ、筋が通らない。俺も、その考えを正しいと思ってる」

「それじゃあ、最後のあの子だけ助けたのは、どうして？」

「それも線だ。子供には誰かがチャンスをやったっていいだろうっていう、曖昧極まりない線だ。その子供は何歳までだなんて聞くなよ？　その時その時の感覚だ。自分で生きようとしないことを仕方ないと思う年齢か、ふざけるなと思う年齢かを、見た目だけで判断してるだけだ。

俺は、俺の人生を犠牲にしてまで聖人のように他人を救う義務なんか負ってない」

「じゃあ……」

弥登は顔を上げて、調理台を見た。

そこには弥登が求めてやまなかったカップ麺が鎮座していた。

「どうして、私はあなたに助けられたの？　大楠山で、対価を払う意思も、当てもなかった私は、ニッシンの線から外れた存在だったはずよ」

それどころか、ニッシンに向かって銃口を向け、身の程知らずにも逮捕することを諦めていなかった。

「言ったろ。俺が引いてる線は曖昧だ。ただまぁ、あのときの弥登には、しっかりした意志と誇りがあったからかな」

「意志と……誇り？」

「『私はインスタント食品なんかに屈しない』って言ってたろ。俺、感心したんだ。あのときもう、腹も喉も極限だったろうし、怪我のせいで意識朦朧（もうろう）としてたろ。それでもあのときの弥登は、誇りを捨てるくらいなら、死ぬことを無意識に選んでた。違うか？」

「……そんなことないわ。だって、私は……」

恐怖していた。血を流しすぎて、飢えて、冷えて、見知らぬアディクターと二人きりで、忍び寄る死の予感に、ただただ怯えていた。

今ならはっきりと分かる。

ニッシンに向かって銃口を向けたのは、そんな恐怖を抑えるための虚勢だったと。

「人間いざ死ぬとなりゃ、虚勢なんか張れなくなるもんだ。実際俺はそういう奴を何人も見てきた。普通ならあれは命乞いするシーンだ、だから俺は、弥登からなら、対価を回収できると踏んだ。こんだけ強い奴なら、いつか何かの役に立つ、ってな。実際こうして俺は朝比奈で俺の命と明香音の命を助けてもらって、こうして仕事の手伝いをしてもらってる。対価としては、もう十分だろ」

「……そんな……そんなこと……」

「お互い、神様かなんかなら良かったな。それならきっと誰も飢え死にしないような魔法を使えたかもな」

ニッシンはそう言って立ち上がり、湯を沸かし始める。

「ほら、自分でやってみろよ」

しゅんしゅんと湯が沸きたつ鍋を指さされ、弥登はふらふらと立ち上がった。

「作り方、分かるか？」

置かれているカップ麺のパッケージは英語で書かれていて、よく読むと、

「何だか……電子レンジを使えって書いてない？」

「あー、何でかアメリカのカップ麺は水入れた後にレンチンさせようとすんだよな。日本のレ

ンジだと規格が違いすぎて絶対まともにできねぇんだ。日本式はな……」

蓋を半分だけ開けて中からスープの素とかやくを取り出し、麺の上に開けてから湯を注いで蓋を閉じ、三分待つ。

微かに香ってくるのはバターの匂いだ。

三分経って蓋を開けると、そこには色鮮やかな野菜チップが入った塩バターラーメンが完成していた。

ニッシンに渡された箸で、弥登は立ったままラーメンを一口すする。

「あふ……ふぅ……」

嘔吐し、泣きはらした体に、塩とバターが沁みる。

「美味しい」

美味しいから、また辛くて、涙があふれてきた。

「うう……ぐすっ……」

「こりゃ駄目だな」

弥登は食べきるまで涙を流し続けた。

帰りのヒュムテックで、ハッチを開けたまま夜の横須賀を走りながら弥登はニッシンに尋ねる。

「あの子は、イーストウォーターで面倒を見ることになるの？」

「分からん。明香音と美都璃と、あとはあの子の判断だ」

「あの子の？」

「イーストウォーターの水が合わなくて逃げ出す奴もいる。そうなると、明香音達も探し出すことはできないししない。イーストウォーターの子供達も、ただ明香音達に面倒みられるだけではないからな。あの子達にはあの子達の仕事がある。それがしんどくて逃げる奴も過去にはいた」

「そうなんだ」

「逆に、明香音や美都璃みたいに、保護されてそのまま後に続く子供の面倒を見るようにまでなるケースだってある」

「……明香音さんと、美都璃さんも？」

あれほどまでに過酷な環境から生き延びたと言うのか。

「かもな。俺も詳しくは聞いたことがない。ただ、多分だけどあいつらは、俺と違って一度は命の危機を覚えるレベルで飢えたことがあるはずだ」

「え？」

ニッシンは、少し恥ずかしそうに言った。

「俺の親父も母さんも優秀なアディクターだったからな、親に腹一杯食わせてもらってたし、親がいなくなるまでに一人で生きていけるだけの力を授けてもらった。だから俺は、飢えたことがない。だから俺の線は俺のエゴだ。俺が食わせたい奴だけを俺の理屈で線を引いて食わせてるだけだ」

「ニッシンの、エゴ……」

「俺の保護下で俺の仕事を手伝う以上、俺のエゴには付き合ってもらう。今日は、それを断っておきたかった。……だから、その」

「え？」

「あんなに泣かせるつもりはなかったんだ。悪い」

弥登は驚いて、コックピットに座るニッシンを見た。

「……ううん、私も、ごめんなさい」

何に対して謝っているのか、自分でもよく分からない。だが、自分の覚悟の無さ、食料国防隊員としての経歴、受け止められなかったこと、知らなかったという言い訳、言い訳だけれども、本当に知る機会自体は無かったという事実。

「あっ」

「どうした？」

旧海岸通りを走り、観音崎が見えてくるころ、弥登はふと気づいた。

「布団買うの、忘れちゃった」

「明日は忘れないようにしよう。そろそろ流石に寒いからな」

「……もしかして、今まで毛布無くて寒かったか？」

「ええ」

「ちょっと？」

「言えよ。毛布の予備くらいはあるんだから」

「いやあ、さすがに図々しいかなって」

「風邪ひかれたらこっちが困る。昨日と今日の分金渡すから、明日はどこかで買い物行けよ」

「分かりました。ハッチ、閉めるわね」

そこまで寒いわけではなかったが、いざ口に出すと急に寒くなった気がして、弥登は後部シートに身を沈めた。

風が遮られ、コックピットのモニターの灯りがぼんやりと温かく光る。

「本当、必要なことや、困ったことは必ず言えよ。シンジケートの命令とはいえ、保護者なんだから」

「うん。ありがとう。明日からは、そうさせて」

弥登は、少しだけ窮屈な後部座席の中で、更に体を縮めて、呟いた。

その声は、ヒュムテックの風切り音と静かな駆動音に紛れてニッシンの耳に届かなかった。

「お母さん以外でそんなこと言ってくれたのは、ニッシンが初めてよ」

その晩の寝床が暖かかったのは、ニッシンが予備の毛布を出してくれただけではなかったと思う。

翌日の仕事はキッチンではなく、港での荷運び労働だった。

ニッシン曰く、米軍基地跡を改造した漁港に、沖で荷物を乗せ換えた小型コンテナ船や漁船が密輸品を下ろすらしい。

だが、いざ港に行くと、事情を知っている荷下ろしの責任者だという男が、弥登を港に入れることを断固拒否した。

食料国防隊員に密輸の現場を見られたくない、という事情は理解できたため、仕方なくニッシンは港の外に弥登を待たせた。

ヒュムテックの起動キーは弥登が預かっているし、待つ間に買い物に行ってもいいと言ってくれていたのだが、弥登は一人ヒュムテックのコックピットの中でじっとしていた。

「……」

はっきり言えば暇だ。本心で言えば、ニッシンの勧めに従って買い物に行きたかった。

だが、今の弥登には、横須賀で一人で過ごす力も知識も圧倒的に足りていない。

初日の市場のように暴力的に絡まれるくらいなら何とでもなる。

だがあの死の通りのような場所に踏み込んだり、港のようにシンジケートが警戒する場所に踏み込んで余計な嫌疑をかけられる危険を思うと、足が動かせなかった。

自分のヘマは、ニッシンにマイナスに働く。

ニッシンが荷運びの仕事をしている間に自分がキッチンの仕事をすることも考えたが、昨日一昨日の体たらくを考えればニッシンが独り立ちを許してくれるとは考えにくかった。

「自分では、何でもできる器用な方だと思ってたんだけど」

誰も聞いていないから、弥登は真っ暗なコックピットで苦笑した。

いくら知識があっても、力があっても、技術があっても、たった一つのことを知らないだけで人は社会で生きることが難しくなる。

習慣。

弥登は横須賀の習慣を、まるで理解できていない。

逆に言えば、ニッシンや明香音や美都璃の姿を真摯に追えば、そう遠からず横須賀に生きる人々の心と社会を理解できるのではないかという気もしていた。

食料国防隊員であることと、自身の出自が足を引っ張ることはこれからもあるだろう。

「これから……」

自分は、どうしたいのだろう。

このまま横須賀で、いつかコミュニティに受け入れられることを夢見て、真摯に生きる？

過去を捨てて、何も無かったかのように。

そんなことは不可能だ。短慮から生まれた、望外の生活。ニッシンと明香音と、美都璃を始めとしたシンジケートの理解。

それがあるから、今自分は横須賀で敵でありながら客分として生きていられる。

だが、客は部外者である。どれほど打ち解けようと、住人にはなれない。

いや、打ち解けてくれているのはニッシンと明香音だけだ。

美都璃とはまだそこまでの交流が生まれていないし、シンジケートのメンバーや多くの横須賀の住人とはニッシンを介してしか話すことができない。

「……私は、横須賀で生きていきたいのかしら……アディクターとして」

昨年の大楠山の時点で、既に食料安全維持法に対する疑問は植え付けられていた。

それがもたらす、法の掲げる理想と最もかけ離れた真実も目の当たりにした。

それでもこれまでの人生が、単純にアディクターになることを良しとしない。

なりたいなりたくないではなく、腑に落ちないのだ。自分の先行きとして。

ただ、それでも一つだけはっきりしていることがある。

「私はもう、食料国防隊員ではいられない」

そして。

「だからって、もし隊員でなくなっても、きっと横須賀の住人にはなれない」

そうなるには、弥登はあまりにも横須賀のアディクターを逮捕しすぎた。

今はまだニッシンとシンジケートの庇護があり、横須賀に来て日が浅いから歪みが小さいだけだ。

隊員でなくなったからそれ以前のことは不問に、というほど人間の感情は単純ではない。

こうしていられる時間は、長くない。

「……ニッシン」

だらしなくコックピットのシートに横たわり、クッション性がすっかりなくなった背もたれに顔をよりかからせる。

「私は……」

そのとき、ヒュムテックを小さな振動が揺らした。風にあおられてなにか飛んできたのだろうか。

弥登は自分でも信じられないほど驚いて、コックピットの中で姿勢を正す。

「私、今、何を……」

普段ニッシンのいるシートで、何をしようとしたのだろうか。

誰に見られているわけでもないのにシートの中で顔を赤くし、人目をはばかるように体を縮めた弥登だったが、

「何？」

再びヒュムテックを揺らした音に怪訝そうに眉を顰めた。

何かがぶつかった音ではない。何か、人の意志を感じる。誰かが、外からヒュムテックを叩いている？

「……」

弥登は、ニッシンから預かったヒュムテックの起動キーを握りしめ、外部センサーを起動させる。エンジンをかけるわけではないので、外から気取られることはない。

荷運びの人間がたまたま荷物をぶつけたのか。はたまたニッシンが帰ってきてノックしたのか。そのいずれかなら良いと思った。

だが、外部センサーが捉えた外の様子は、弥登の予想を裏切るものだった。

『あった、あったぞ松下さん！　この機体だ！』

『分かりましたから、あんまり大きな声出さないでください。また泥棒だと思われますよ？』

聞き覚えのある声がして、弥登の呼吸が止まり、目を見開く。

センサーに映った二人の人間が、意図せずカメラの方を向く。

目が合って、弥登の全身から血の気が引いた。

「古閑さんと、真優ちゃん……！」

古閑と真優が何故ここにいるのかは、当然だが行方不明になった弥登をあちこち探して横須賀に行きついたことは間違いない。ヤドカリを探しているのも、もともとニッシンと明香音が根岸に向かうのを最初に見つけたのは古閑だから当然だろう。

映像データから特定のヒュムテックを探しているらしいことも理解はできる。

『でも、本当にこの機体ですか？　似たようなヤドカリ、ここまで結構見ましたよね？』

『こいつの画像は俺の機のデータにも残っている。今度こそ間違いない！』

『それさっきのも昨日のも言ってましたよね。本当にこれなんですか？』

『いや今度こそ間違いない！』

『それさっきのも昨日のも言ってましたよね？』

「黙ってたらバレないいんじゃないかしら」

古閑と真優は、隊の任務ではあまり良好な関係を築いているとは言えない二人だ。

古閑はヒュムテック操縦の腕と凶悪アディクターへの対処は隊内随一だが繊細さに欠け当たって砕けろ的な行動が多く、真優は万事理性的で繊細な対応ができるが、その分積極性に欠けるところがあるため、一緒に仕事をさせると必ずと言って良いほど衝突してきた。

だが。

『まぁとりあえず、持ち主らしき人が現れたら話を聞きましょうか』

『だな。どうもなんかここの連中、食料安全維持法違反を抜きにしても、よそ者に話さないって決めてることがありそうだしな』

『明らか、最近大きな秘密抱え込んだ感がありましたもんね。隊長のことではなかったとしても、大規模な密輸か、我々相手の強力な兵器を手に入れたとか、そういうネタ仕込めれば先々の仕事に役立つでしょうし』

　仕事は出来る二人なのだ。

　横須賀生活は実質三日しかない弥登だが、横須賀の人口は統計から受けていたイメージより圧倒的に多い。

　よそから一人二人が流入してきたところで誰の目にも留まらないし、一方で弥登の存在もそう簡単には新しい流民の耳に届く確率も低い。

　そして古閑と真優が探しているのは、恐らく朝比奈で弥登と古閑が戦ったヤドカリであり、その搭乗者であるニッシンには到達していないはずだ。

『古閑さん、あっちのヤドカリは？』

　真優の声がして弥登がセンサーを見ると、通りを一本挟んだところで、ニッシンのヤドカリとさほど変わらないフォルムとカラーリングの、輸送力に特化した改造を施したヤドカリがゆったりとした速度で通り過ぎて行った。

『……多分、違う……気がする』

『言い切って下さいよ。このヤドカリとちょっと足回りの構造が違いましたけど……データベースは一致率九割以上って言ってますよ』

『じゃあ俺はあっちを追いかけてみる。松下さんはここで待機して持ち主に接触してくれ』

　どうやら古閑も真優も、朝比奈で接触したニッシンの機体を、さほどしっかり特定しているわけではないようだ。

　このまま待っていればもしかしたら通り過ぎてもらえるかもしれないと思ったそのときだった。

『古閑さん、思うんですけどヤドカリ追うの、無理筋じゃないですか？』

『え？』

『いや、ほらあっちにも。ここからだと見づらいですけど、フェンスの向こう、港の中にも何台かありますよね。ガワが大差ない感じの。映像データだとコンテナ積んでますけど、これが積み下ろし式だったり都度違うコンテナ背負うタイプだったら一生見つかりませんよ』

『じゃあどうするんだ。もう何の成果を得られないまま三日だぞ？』

『松葉ガニ、追いましょうよ』

　真優のその言葉に古閑は首を傾げ、弥登はまた背筋が凍った。

『松葉ガニって』

『最初に古閑さんが追いかけた松葉ガニ。そいつ、隊長が戦ったヤドカリのバディなんでしょ。横須賀に来てからヤドカリは何度も見たけど松葉ガニは一度も見てないし、レア度高いと思うんですよ。だからそっちの方がヒット率高いんじゃないですか？』

『いや、だからって一致率高いヤドカリを見逃すわけにも……』

『ええ。ただ考え変えないと署長に殺されるんじゃないですか？　この機体と通りの向こうのチェックしたら、松葉ガニの追跡、真剣に考えません？　ヒュムテックのジャンク屋とかに聞けば噂くらいは聞けると思いますけど』

『わ、分かった。じゃあともかくここは任せた。あっちのヤドカリに追いつけなくなる。また後でな』

『はーい』

古閑は通りの向こう、倉庫街の奥に曲がって行ったヤドカリを追って走っていき、真優はそれを嘆息して見送る。

『はー。しかし、本当想像以上に社会インフラ充実してるなぁ、横須賀。住みたいとは絶対思わないけど、でも、もったいない気はするなぁ』

真優はニッシン機の足下にしゃがみ込んで、何でもないことのように呟いた。

『ここぜーんぶ壊しちゃうのかなぁ』

弥登は、コックピットのコンソールを叩いた。

『え？　わっ？」

弥登はハッチを開け、港の喧噪の中に真優の驚いた声が耳に直接飛び込んできた。

「え、誰か乗って、え？」

「真優ちゃん、今の話、どういうこと!?」

「隊長……隊長!?　ええ!?」

日頃あまり動揺することのない真優も、さすがに呆然と弥登を見上げた。

「服ダッサ！」

「み…………!!」

反射的に、美都璃と明香音に謝れ、と言いそうになった。

だが、絶対にその名を出すわけにはいかない。

イーストウォーターの面々には、絶対に面倒をかけてはならない。

松葉ガニを探されたら、明香音にたどり着くのにそう時間はかからない。

古閑と真優を、明香音や美都璃、イーストウォーターの子供達と接触させてはならない。

「み？」

「お願い、真優ちゃん。二人だけで話させて。ここで、騒ぎを起こしたくないの」

「……それは、隊長の出方次第ですかね」

真優の、眼鏡の奥からの冷ややかな目を見て、背中を冷や汗が伝った。

第五章　あの日と今日の、カップラーメン

「はああああああああ⁉　はあ？　はあああああああ⁉」

「ま、真優ちゃん……！」

「いや、え？　はあああ⁉　はあああああああ⁉」

古閑がヤドカリを追って消えた倉庫街とは反対の方向のビル裏で、横並びになりながら弥登がことの顚末(てんまつ)を話す度、真優はよくもそれだけバリエーション豊(ゆた)かな「はあ⁉」を言えるなと感心するほど「はあ⁉」を連発した。

「え、いや本当隊長、それ、えええ？　はあああああああ⁉」

「真優ちゃん、さっきからはあ？　って言う度にバカじゃないのって言ってない⁉」

「よく分かりましたね？　言ってますよ？」

「真優ちゃん！」

「そう聞こえるってことは、隊長自身がそう思ってるってことじゃないんですか？」

「はあああああ言わないでえええ！」

弥登は耳を塞いでしゃがみ込んでしまう。

「ホントに……マジで……ええ？　古閑さんいなくてよかったですよ。こんなこと聞かせたら

「あの人どんな行動に出るか分かりませんよ」

「それは……分かってる」

「分かってないです！　ていうか正直私も分かってません！　隊長が、どうしてアディクターなんかと、一緒に……一つ屋根の下に!!」

「……一番大声上げるのそこなの？」

「隊長。お願いです、本当のこと言ってください。何かこう、物凄く卑怯な手段で誘拐されて、フォアグラ作る感じで嫌がってるのに無理やり口をこじ開けられて汚いものをねじ込まれたんですよね!?」

「自分で求めて、差し出されたものを受け入れました……」

「何か隊長の言い方いやらしいですよ!?」

「真優ちゃんがそういう感じで言うからでしょ！　と、とにかく！」

弥登は首を激しく横に振って、反論の余地なく言った。

「私は去年の作戦でアディクターにインスタント食品をもらって命を繋いで、そのときのことが忘れられずにもう一度食べたくて、偶然再会した相手に横須賀まで連れて来てもらって、今はその人の家で寝起きしながら仕事を手伝ってるの！　それ以上でも以下でもないわ！」

「基準がぶっ飛びすぎててそれ以上とかそれ以下って何なんですかぁぁあもぉぉぉぉ!!」

真優は頭を抱えて唸りながら立ったり座ったり体を捩じったりしながら必死で弥登の言うこ

とを呑み込もうとしていた。

「どう考えても思想矯正プログラムで収まる話じゃないですよ。ええ？　前代未聞です。自分で、食べて、ヒュムテックを、アディクターに協力……駄目だ、前例が無さ過ぎて何が起こるのか分かんない！」

そして真優も顔を覆って、弥登の隣にしゃがみこむ。

「……何で……こんな、ことに……私達、皆、隊長の、下で、これから……」

「……ごめん。ごめんね、真優ちゃん」

「戻れないんですか……」

「真優ちゃんに知られちゃったし」

「私、黙ってますよ。いつも朝起こしてる仲じゃないですか。何とでもなりますよ。凄腕のアディクターにヒュムテック勝負で負けて、誘拐されたことにしましょう。それでいいじゃないですか。そうしたら、時間はかかりますけど、隊に復帰だって」

「そうしたら、あの人を食安法だけじゃない、刑法犯にしてしまうことになるわ」

弥登は強い口調で真優を遮った。真優はびくりと身を竦める。

「それだけは、できない」

「……マジでぇ……？」

真優は顔を覆ったまますすり泣き、呻いた。

「好きなんですか」

「え？」

「その、アディクターのこと、好きなんですか⁉」

「え、ええええ⁉」

涙目のまま、真優は弥登を睨む。

「それくらい吐いてくださいよ！　どーなんですか！」

「す、好きって、私が、誰を⁉」

「そのニッシンとかゆーフザけたアディクターですよ！」

「……それ、は」

「いくら命の恩人って言ったって過剰に恩返ししすぎじゃないですか⁉　ぶっちゃけ見逃すだけで十分じゃありませんでした⁉　どう考えても天秤(てんびん)釣り合ってないですよ！　となりゃあもう後はそいつがどんな氷の女王の心も溶かすレベルのクソイケメンだったくらいしか考えられないんですよ‼」

イケメン、という単語が指し示すような男性の実例は、弥登の知己にはいない。

もちろんニッシンをそう思ったことも無かった。

ニッシンに想いを寄せているのか、という問いはこれまで幾度も明香音から発せられた。

その都度否定してきたのは、本心だった。

だが、明香音やニッシンよりもずっと長く寝食と死線を共にしてきた真優の問いは、明香音の問いのように、本心のバリアが効かない。

「私が……ニッシンを？　ええ……、そんなまさか、私、そうなの？」

「あぁ〜！　乙女の顔ぉぉ!!　ンっとにこの人はぁあああ〜!!」

明香音のときとは違い、真優相手だと本当に全てが腑に落ちてしまう。

それは真優がニッシンを直接知らないからこそ、客観的にそう見えるということを証明してしまっているからだ。

「何て名前なんですか、その男は！」

「え、だから……」

「ニッシンって、あだ名でしょどう考えても！　本名ですよ！　いや、隊長が聞いてるのが本名かどうか知りませんけど、国民IDトレーサーに検索かけて隊長に相応しい男かどうかみっちりぎっちり調べてやります！」

「……どうしよう、私、ニッシンの本名、知らないわ」

「はあああああああああ？」

「今バカなんじゃないですかって言ったわよね!?」

「言いましたよ!!　相手が隊長じゃなければ異性に慣れてないバカな女がホストに貢がされてるみたいな感じにしか思えませんからね!?　バーカバーカ隊長のバーカ!!」

「何よぉ……そんなに言わなくてもぉ……だってここの人達も皆ニッシンとしか言わないんだもん……」

「もん、じゃねぇぇえ！　私が食料国防隊員でなければそいつに会わせろってガン詰めしてエンプレスホストのウルトラメロンパフェを十回は奢らせるのにいいい!!」

「ガチで破産する奴よそれは！」

「ああ、もうっ!!」

真優はまたひとしきり叫んでから、頭を掻きむしって、そして、

「本気なんですね」

「うん。って何が？　何について？」

「全部ですよ!!　今の恵まれた立場ぜ――んぶ捨てて、そのニッシンとかいう男んとこでインスタント食品とか食べて生きてくことですよ！」

「言い方が物凄く悪意あるけど……本気よ」

「マジですか」

「本気よ。真優ちゃん。おかしいと思わないの」

「何がですか」

「食料安全維持法は全国民の飲食物を清浄化し国民を健康にするための法律なのよ。それなのに、毎日綺麗なご飯をお腹いっぱい食べられていた私が『恵まれた立場』って、おかしいでし

よ。じゃあ、恵まれていない人は、一体どういう状況なの。その人達は、どうして法律で守られていないの」

真優の火の玉ストレートに顔を真っ赤にしてうねうねしていた弥登が、ここだけは鋼の意志で打ち返してきた。

その瞳の奥に真優は、単なる強がりや思い込みだけではない、昏く重苦しい陰を見た。

弥登の決意は真実だ。きっかけこそ短慮だったかもしれないが、短い横須賀の生活の中で、弥登の意識が根底から覆る出来事があったのだ。

「……引き継ぎ」

「え？」

真優は、眼鏡を外して言った。

「引き継ぎしてください。こんなこと聞かされたら、もう隊長を隊長と呼べない。でも、今はまだ書類上あなたが隊長です。行方不明のままだと、隊長の立場じゃ、いつまで経っても追跡者に怯えて暮らすことになりますよ」

「そ、それは……」

「要は、そのニッシンって男が罪に問われない形ならいいわけでしょ。私が署長を説得して、可能な限り穏便に除隊できるように取り計らいます。食料国防隊辞めた後は、いくらでも惚れた男と懇ろになりゃいいんです」

「……真優ちゃん」

「ただし！　一度は隊に戻って下さい！　そうじゃないと協力できるものもできなくなりますから！　今の隊長の状況、完全にデッドロック状態でしょ！」

真優の目から見ても、誰の目から見てもそれは間違いないらしい。

「古閑さんは、どうするの」

「どうせ説得できないからほっときましょ、て訳にも行かないから、こればっかりは一緒に帰るしかありません。私が隊長を見つけて、それで隊長は具合悪いから古閑さんには付き合ってられないって言って、私のヒュムテックに乗せて帰れば、帰隊するまで古閑さんと接触せずに済みます」

「それで納得してくれるとは思わないけど」

「このままじゃ隊長もニッシンさんもここのシンジケートも納得できない。違います？」

「それは……そう」

「署の人事課に同期がいます。手を回して、とにかく辞めるための書類だけ整えちゃえば、後はどうにでもなります」

弥登は真優をまっすぐ見る。

真優との付き合いは鎌倉署に来てからの一年と少しだが、嘘を言っているか本当のことを言っているかくらいは分かる。

現実的に、真優の言うデッドロック状態では、いつ自分を探しに来る鎌倉署や食料国防隊が横須賀やニッシンやイーストウォーターに災いをもたらすか分からない。

ならば、真優が協力してくれると言っている内なら、弥登が一人でするよりも除隊に伴うトラブルは少なくて済むだろう。

父や小森署長はすぐには納得しないだろうが、とにかく書類さえ提出してしまえば……。

「……私は今、ニッシンにヒュムテックの留守を任されています。ニッシンも、私の監視をシンジケートに命じられている。彼らに無断で帰隊するわけにはいきません」

「わーってますわーってます。いつどこで待ち合わせます？」

「……待ってくれるの？　というか、私が約束を破ったり、ニッシンに軟禁されたりとか思わないの？」

「そこまで面倒見切れませんよ。でも約束を守ってもらえなきゃ全部ご破算になるだけです。私と古閑さんは隊長を探して、最終的に横須賀に捜査の手が入ります。それでいいんですか」

「……そう、そうよね」

「私は隊長が隊を辞めるまでは手伝います。だから隊長も、頑張って約束守って下さい」

「分かったわ。今夜、旧横須賀駅前でいい？」

「ええ。待ってます。ヒュムテックを横須賀の街中に乗りつけるわけにはいかなかったので、そこからかなり歩きますが」

「分かったわ。面倒をかけてごめんなさい」

「本当、上手く行ったらメロンパフェは冗談じゃないですからね。最低五回！」

真優は弥登の顔を覆うように手をパーにした。

「退職金が出たらね……」

生のフルーツを使ったパフェなど十万円出しても食べられるかどうか分からない。

「ええ、こっちも……上手く行けば」

「真優ちゃん？」

「いえ、別に」

「あ。そう言えば……」

弥登はふと、思い出したことを尋ねた。

「ヒュムテックのところで言っていたのは、何だったの？　確か……」

『ここぜーんぶ壊しちゃうのかなぁ』

「……港で」

真優は、自分のつま先に視線を落として言った。

「なんか建物壊してたから、もったいないなーって思っただけですよ」

「そう。それじゃあ、夜……二一〇〇（ニーイチマルマル）に、旧横須賀駅ロータリーで」

「二一〇〇、旧横須賀駅ロータリーにて松下、古閑両名、隊長に合流します。了解です」

横須賀の路地裏で、真優は弥登に敬礼する。

「まだ、私を隊長と呼んでくれるのね」

「私達の隊長は、矢坂隊長だけです」

「……期待に応えられずに、ごめんなさい」

弥登は小さく真優に頭を下げると、港への道を駆けて行った。

その後ろ姿が見えなくなるまで敬礼を維持した真優は、腕を下ろして言った。

「そんなこと、ないですよ。私達の隊長は矢坂隊長だけ。これまでも……」

そして、眼鏡を外し、瞼(まぶた)をこすって言った。

「これからもずっと……ね」

「おー弥登。出かけてたのか？　何か買い物してたのか？」

ヤドカリのところに戻ると、丁度ニッシンが汗を拭いながら港の方から戻ってきたところだった。

まだ古閑が戻ってきていないことを確認すると、

「ニッシン！」

「お、おおお？」

弥登はニッシンを担ぎ上げ、ヤドカリのコックピットに叩き込むと、自分は後部座席に収まりハッチを閉める。

「み、弥登？　なんだどうした突然……」

「連れて行ってほしいところがあるの！」

ヤドカリがうなりを上げて港から去り、戻ってきた古閑が真優もヤドカリもどこにもおらず迷子になるのは、この後十分してからのことだった。

※

観音埼灯台跡地は、戦争中の砲撃によって岬が抉れ、かつて東京湾を見下ろした美しい灯台と岬の面影は跡形もない。

三浦半島の東端に位置するため、夕刻になると太陽は海ではなく山の向こうに落ちる。

「おいしいわね、これ」

「だろ。食安法前は、日本中で老いも若きも食べたことのない人間はいないってくらい、ダントツで一番人気だったたってカップ麺らしいぜ」

「私が初めて食べたカレーのにパッケージが似てるけど」

「同じシリーズらしい。でも、日本で初めてカレー味のカップ麺作ったのはこのメーカーじゃないらしい」

「……今は全て、海外に行ってしまったのね」

二人が食べているのは、一部日本語がパッケージに印刷されているカップラーメンだった。

食料安全維持法施行以降、日本国内の半数以上の食品・飲料メーカーが倒産した。

辛うじて倒産を免れた大企業の内、海外市場に地盤を築いていた大手メーカーは、拠点を欧米やアジアに移し、日本市場を捨てた。

今でも『日本食』や『和食』のブランドイメージは海外で一定の市場を獲得し得る要素であり『ジャパンオリジナルクィジーン』として安定した経済効果を示していた。

だが、その経済効果は一切日本に還元されることはない。

もはや、日本発祥の多くの食品メーカーは海外に本社を置く海外の企業だ。

「それでも、日本発祥であることを忘れず、こうして日本語パッケージを生産してる。信じられねぇな。こんなのが昔は、町中のあらゆる店で、子供の小遣いで買える値段で売ってたらしいぜ」

「食べたいものを、食べたいときに、誰でも食べられる世界だったのね」

陽が落ちかけた観音埼の中腹で、ニッシンと弥登は火を焚いて湯を沸かし、肩を並べて小さなカップラーメンをすすっていた。

「ニッシンのお母様……ご両親のこと、聞いても良い？」

「筋金入りのアディクターだ。母さんの方が生まれも育ちも横須賀で、親父は元は横浜でちゃんとした店のシェフをやってたらしい」

「横浜のシェフ⁉」

「ああ。それが母さんにベタ惚れして、立場も何もかも投げ捨てて横須賀に来たんだと」

「へ、へぇ……そうなの……」

真優にニッシンのことを好きなのかと聞かれたことを思い出し、弥登は思わず顔が熱くなるが、山間の薄暗がりなのでニッシンに気付かれることはなかった。

「母さんはシンジケートでも一目置かれる存在だった。昔から走水に住んでて、ここを拠点に、横須賀にメシの楽園を作るのが夢だっていつも言ってた」

「メシの、楽園……ご飯のユートピア？」

「今弥登が言った通りのことだ。食べたいものを、食べたいときに、誰でも食べられる場所を作りたい、ってさ」

「街のキッチンがその、メシの楽園だったの？」

「あれはその雛形（ひながた）だな。店の名前は『キッチンニイジマ』」

観音埼に打ち寄せる波の音を聞きながら、弥登は小さく微笑んだ。

「ニイジマ、さん？」

「ん？」

ニッシンは弥登に返事をした。

「ニッシンの苗字、でしょ？　初めて聞いたから」

「そうだったか？」

「あなたも周りもニッシンとしか言わなかったじゃない。私、未だにあなたのフルネーム知らないのよ。もしかしたら食料国防隊員に教えたくないのかと思って、聞かなかっただけ」

「シンヤだ」

「え？」

「新島信也。隠してたわけじゃなくてこっちも言うタイミングがなかっただけだ」

「新島……信也」

口の中でその名を転がし、そしてニッシンのあだ名が腑に落ちる。

「ちなみに親父は真吾で、母さんは志乃で、あだ名は全員ニッシンだった」

「ややこしいわねそれ」

弥登は笑った。

「周りからニッシンって呼ばれるようにこだわって名前つけたとか言われたりしてな」

「ある意味家族の伝統みたいなものじゃない。私はそういうの、嫌いじゃないわ」

「それでシンジケートから父ニッシン母ニッシン子ニッシンって呼ばれたんだぞ」

「あはは！　何それ！」

弥登はひとしきり笑い、カップラーメンの最後の一口をスープまでしっかり食べきった。

「はぁ……美味しかった」

「……すっかり馴染んだな」

「ニッシンも明香音さんもスパルタでしたから」

ニッシンはカップを地面に置くと、星が瞬き始めた空を見上げて言った。

「親父は十年前にいなくなった。母さんは五年前に、食料国防隊との小競り合いで死んだ。話したっけか？」

「理由はまだ……そうだったのね」

「弥登のことだから、もっと気にするかと思ったが」

「ニッシンが私にそのことで恨みを晴らそうとする人じゃないって、この何日かで分かってるつもりよ。……走水に住んでるのは、ご両親の思い出があるから？」

「それもあるし、あとは神社がな」

「え？　神社？」

予想だにしない単語が出てきて、弥登は目を丸くした。

「宮司さんの家系だったとか？」

「そういうんじゃなくてさ、戦争で潰れちまったけど、走水にあった神社にな、包丁塚ってのがあったんだ」

包丁塚とは、食万端を調えるのに必要不可欠な包丁と、包丁によってつくられる食への感謝を忘れないため、包丁を奉じる塚のことだ。

「米粒には七人の神様がとか、悪いことするとお天道様がとか言うだろ。母さんはそういうの、割と大事にする人だった。で、メシの楽園を作るにあたり、綺麗な湧き水が出て、包丁を大事にするために神様に祈る場所があるってんで、走水に住み続けたかったって言ってた。だから俺は今も、年一で包丁塚があった場所に包丁を納めてるんだ」

米粒に七人の神様。

弥登も両親からその教えを受けたことがある。

愛する両親から同じ教えを受け、同じように食を大切にしてきたはずの二人の人間の道が、何故こうも違ってしまうのだろうか。

「メシの楽園……って、何なのかしら。そこに行けば世界中の食べ物とそれを作れるシェフがいて、誰でも好きなだけ、好きなものを食べられるところかしら」

天国か、極楽浄土か、いずれにせよユートピアの名を冠するのであれば、形而上学的な概念でしかないと思った弥登に、ニッシンは事も無げに言った。

「ファミレス、っつってたな」

「え？」

「ファミレス。母さんはファミレスのこと、メシの楽園って呼んでた」

「ファミレス……」

「ああ。この言葉自体は、親父の受け売りらしいけどな」

　ニッシンもそう言いながらカップラーメンの最後の一口を食べきる。ニッシンがカップを地面に置くタイミングで、弥登は尋ねた。

「ファミレスって、何？」

「知らん」

　ニッシンは小さく首を横に振る。

「母さんも良くは分かってないみたいだった。多分なんかの略語なんだと思う。親父が言うには、子供も大人も老人も、そこに行けば必ず好きなものを食べられるって場所らしい」

「ファミ、レス……なんだろう。大人も子供もとか言うなら、ファミリー？　ファミリー、レストランとか、そういうことかしら」

「俺もそうじゃないかと思ってる。まあ、じゃあファミリーレストランって何だよって話だけどな。家族のレストラン？　家族食堂？　どっちにしろよく分からん。もしかしたら、大昔どこかに、そういう名前のレストランがあったのかもな」

「……ニッシンは、そのファミレス、メシの楽園を、ご両親の遺志を継いで横須賀に作るの？」

「他に人生の目的が無いからな。ただ単にその日のメシや金のためにアディクターやってるより、少しは建設的だろ？　ファミレスが何なのか分からんが、まあとりあえず自分の店を持ちたいってのは健全な目標だ」

「そう思うわ。でも、今のキッチンを使えば、食堂だけなら経営できるんじゃないの？」

「食材は安定供給できないし、従業員いないしいても金が払えない。母さんが生きてた頃は俺も頑張ってたし、親父が手伝ってたのもうっすら覚えてるけど、あれだってメシの楽園には程遠かった。まあ、今んとこメシの楽園どころか、キッチンニイジマ再興すら夢のまた夢だ」

「じゃあ」

弥登は立ち上がると、手を後ろに組んで、大きく息を吸って言った。

「もし私が横須賀に帰ってこられたら、私を雇って。頑張って働くから」

焚火(たきび)と星空に照らされて、弥登の微笑みはどこまでも美しかった。

「……本当に行くのか」

「ええ」

「組織立って探しに来てないなら、ほっとけばいいだろ。ちょっかい出してくるようなら俺がシンジケートに頼んでたたき出してやる」

「そんなことしたら、今度こそ組織立って横須賀に手入れに来るわよ」

弥登はまた、星空を見上げる。

「信用できるのか、その部下の女は」

「信用できるわ。色々な意味で、ね。優秀な人なの」

「弥登……」

「このままじゃいけないって、ニッシンも分かってるでしょう。明香音さんも美都璃さんも、シンジケートの人だって分かってる。私の事や、ニッシンが私を保護してることをよく思っていない人だってまだまだ沢山いる。そんな状態じゃ私、ニッシンの夢を手伝えない」

「どうしてそこまで……」

「さあ」

大楠山の夜は、雨が降っていて、寒くて、恐ろしかった。

観音埼の夜は、温かくて、美味しくて、そして、愛しかった。

「……横須賀の街とカップラーメンを、好きになっちゃったから、かな」

「弥登」

「だからニッシン。最後の最後まで迷惑かけちゃうことになるけど……本当に、ありがとう。私を横須賀に連れて来てくれて。私の命を救ってくれて。おかげで私は、本当に自分がやるべきことを見つけることができた」

日は山の向こうに落ち、虫の声と波の音が、二人を包んだ。

「俺は」

「え?」

「弥登が約束を守る奴だって、自分で言ったことを曲げる人間じゃないって、嫌ってほど分かってる。だから信じるぞ」

ニッシンも立ち上がると、弥登の横に並んだ。

「俺の夢を手伝うって言ったな。俺は弥登の席を空けて待ってる。でももしうちの大事な従業員がいつまで経っても出勤してこないようなら」

そして、弥登の手を優しく包んだ。

「どこにいても必ず迎えに行って、出勤させるからな。覚悟しろよ」

「ありがとう。ニッシン……」

弥登はニッシンの手を、強く握り返した。

「古閑さん、来ましたよ」

「ほ、本当に来たのか？」

夜九時ちょうど。旧横須賀駅前で待機していた真優と古閑は、暗がりから聞こえるヒュムテックの音に、緊張感をみなぎらせて身構えた。

闇の奥から魔物の目のようなヘッドライトが近づいてきて、見覚えのある武装したヤドカリが姿を現した。

三十メートルほど手前で停止したヤドカリのコックピットのハッチが開くと、そこから小柄な影が立ち上がり、二、三の言葉を交わしてから一瞬だけ屈みこむような動きをする。

「何をしてるんだ……まさか撃って来るんじゃ」

「さぁ……」

やがて立ち上がった影が地面に降りると、ヤドカリはそれを見届けたようにその場で旋回し、闇の中へと消えていった。

「……隊長」

古閑が呻く。

「隊長……ご無事でしたか……！」

食料国防隊の制服の上からカーキ色の上着を纏い、闇の中から現れた弥登の姿に、古閑は感極まって崩れ落ちる。

「時間通りですね、隊長」

　真優が一歩前に進み出て敬礼をしようとすると、弥登はそれを止めた。

「ここは横須賀よ。誰かに見られたら袋叩きにされるわ。早く行きましょう。ヒュムテックはどこに？」

「塚山公園に隠してあります。行きましょう」

「隊長！　本当にご無事なんですか？　俺もう心配で心配で……！」

「古関さん！　隊長は疲れてるんです！　ゆっくりしてたら誰に見咎められるか分からない。早く行きますよ！」

「あ、ああ、分かった。と、とにかくご無事でよかったです隊長！　行きましょう！　こちらです！」

　古関が前に立って歩き、弥登と真優は暗がりを選んでその後ろからついていく。

「来ないかと思ってました」

「約束したでしょう」

「いや、ニッシン氏に大分思い入れがあるようだったんで」

「大事なことを間違えたりしないわ。守るつもりがなければ、あんな約束しない」

「だってさっきのヤドカリ、動かしてたのニッシン氏ですよね」

　暗がりの中で真優は、前を行く古関に聞こえないように、だが弥登にははっきり聞こえるように言った。

「ヒュムテック降りる前、ちゅーしてたでしょ」

「なっ⁉⁉」

「ど、どうしました⁉」

闇を切り裂く弥登の悲鳴に、前を歩く古閑が足を止めて振り向いた。

「な、な、何でもないわ！　く、暗がりで躓いただけだから！」

「そ、そうですか、よかった……」

「え、ええ……ま、真優ちゃん……っ！」

「私、目はいいんです。この眼鏡、伊達なんで」

「嘘……嘘でしょ？　見えてたの？」

「流石に見えませんでしたよ。カマかけただけです」

「真優ちゃんっ‼」

「隊長！　大声出さないでください！　見つかります！」

「ご、ごめんなさい古閑さん……‼」

「っとに……ホント隊長ってば隅に置けないんだからぁ。本気なんですねぇ」

「やめて！　悪趣味よ真優ちゃん！」

「どっちがですか……まぁいいです。ガチで本気だってことは理解したので、鎌倉に帰ったら私も隊長の本気にきちんと応えますから」

「……期待してるわ」

街の灯りが遠くになり、古閑がライトを灯す。

整備されていない塚山を少し登ると、そこに古閑と真優のゲンジボタルが隠されていた。

「隊長のゲンジボタルはちょっと外装が傷ついてましたけど、大した損傷はしてません。整備も済んでいるので帰ったらすぐに隊に復帰できますよ」

無邪気に言う古閑に、弥登は申し訳なさが募る。

「さ、隊長はこっちですよ。古閑さん、フロントマンをお願いします」

「分かった、行こう」

ゲンジボタルがうなりを上げ、三人を乗せて横須賀を後にする。

真優のシートの裏に身を収めた弥登は、後部センサーが横須賀の淡い光を捉えなくなるまで見つめていた。


「あの、バカ」

横須賀の街中を、ヤドカリでゆっくり進みながら、ニッシンは自分の頬を撫でていた。

降り際、弥登はニッシンの頬に不意打ちのキスを残していった。

まるで今生の別れのように。

「どこにいても、迎えに行くっつっただろうが！」

ニッシンはコックピットを殴ると、そのままグレーチングストリートに進路を向ける。

鳳凰軒の前につけると、店の中には既に明香音と美都璃、そして端木や坂城らシンジケートの主だったメンバーが集まっていた。

「ニッシン、マジな話なのか」

端木の問いに、ニッシンは頷く。

「食防隊の嬢ちゃんが言ったことだろう」

「弥登じゃない。弥登を迎えに来た奴の言ったことだ」

坂城の疑問には、首を横に振った。

『ここぜーんぶ壊しちゃうのかなぁ』

「食料国防隊か、鎌倉署かは分からない。だが、去年の冬のような大規模な攻撃作戦が立案されてる可能性がある。その場合、最初に攻め込んでくるのは金沢で散々武装アディクター相手に鳴らした弥登の警備三課だ」

「弥登さんが帰ってすぐに来るとは限らないんじゃない？」

「弥登を迎えに来た奴らは時間が無いようなことを言っていたらしい。弥登は現役次官の娘だ。あいつを隊長にして手柄を上げさせる作戦が近く計画されていると考える方が自然だ」

美都璃の問いには、弥登の言葉をそのまま借りて答えた。

「……で、弥登はそれを止められるの」

「何が何でも止めるつもりらしい。だが、弥登自身には決して大きな権力があるわけじゃない。だから……」

「分かったよ。じゃあ」

明香音は松葉ガニの起動キーを玩びながら立ち上がった。

「期待には、応えなきゃね。こないだ根岸で弾も少し手に入れたし、それにもし弥登が作戦を止められずに攻めてくるようなら、今度は私が弥登をビビらせてやんないとね。横須賀が……ニッシンが誰のものなのかをね」

「俺は誰のものなんだよ」

しゃあしゃあと言い出す明香音に苦笑しながら、ニッシンはつい自分の頬に触れていた。

「どうしたの？」

「いや、何でもない」

あんなことを明香音に明かしたら、この場が血の海になる。

「集められるだけのヒュムテックを逗子と田浦のラインに集めよう。武器も集めてくれ。俺は逗子の最前線で斥候に出る。今回は、食防隊に横須賀の土は絶対に踏ませない！」

※

横須賀から帰還した翌朝。

弥登は食料国防隊鎌倉署を見上げる。見慣れたはずのその建物が、ひどく空虚でそらぞらしいものに見える。

古閑と真優に伴われて署に入るが、特に誰も三人に注目する者はいない。

「お疲れ様です、矢坂隊長」

むしろごく当たり前の挨拶をしてくるあたり、弥登の行方不明はどうやら署内に周知されていないようだ。

だが、署長は流石に把握していたようで、署長室に入るなり、

「矢坂くううんん!!　無事だったのかあああああ!!」

「その、ご心配をおかけしました、署長、あの……少し痩せました?」

龍魚楼のときと比較して、体重が半分になったのではないかというほどにげっそりとした小森署長が悲鳴を上げ、弥登は本当に驚いてしまった。

「心労が重なってたんでしょーねぇ」

弥登の後ろで、真優が小さく呟く。

「それで、松下君が言うには、何でも横須賀の現状を探るために現地の協力者と連絡を取っていたんだってね？　だから私は特に君の行方不明を、誰にも報告しないでいいんだね？　そうじゃないと、君が何かしようとしたことを邪魔してしまうものね？」

弥登は思わず真優を振り返るが、真優はしれっとした顔で真っ直ぐ署長を見ている。

「え、ええ……そういうことです、あの……」

「ああいい、細かいことは良い！　君が戻ってきてくれれば本当にそれでいいんだ！　それに横須賀の事情を見聞きしてきたと言うのなら、結果オーライ渡りに船だ！　いや本当にお疲れ様お疲れ様！」

「は、はあ……」

今にも倒れてしまいそうな署長が純粋に心配になるが、間違いなく自分のせいなので真剣に申し訳なく思う。

この上除隊を申し出たら、そのまま心臓麻痺(まひ)を起こして倒れてしまうのではなかろうか。

「帰ってきて間もないのにすまないが、矢坂隊長に一つ大きな任務がある。古閑君と松下君も連れて、すぐにブリーフィングルームに集合してくれ。他の警備三課の人間にもすぐに声をかける！」

「あ、署長、待ってください、実はその前にお話しすることが……！」

「横須賀の情報ならばブリーフィングルームで頼む！　事態は一刻を争う。警備三課にフル出動してもらわなければならないんだ」

「いえ、ですから……」

「隊長、とりあえず行きましょう。あの状態の署長に迂闊なこと言ったら本当に死にますよ」

「でも……！」

「それに、今はやめておいた方がいいと思います。ブリーフィングルームに行って話を聞いてからの方が、隊長も冷静に事を運べると思いますよ」

穏便な除隊には、事情を唯一きちんと把握している真優の協力がなくてはならない。

真優がそう言う以上、ここは仕方なく署長の後に続くしかない。

だが、ブリーフィングルームに入った途端、そこにいるはずのない人物の姿を目にして、弥登は激しく動揺した。

「お父さん……!?」

「やあ弥登。今日は会えたね。でも場所をわきまえなさい」

弥登の父、矢坂重臣がブリーフィングルームで待機していたのだ。

署長と古閑と真優が敬礼し、弥登も慌ててそれに続く。

「失礼いたしました！　矢坂次官……あの、本日のブリーフィングは、次官も……？」

「まだ非公式ではあるが、結果的に私が総責任者となる作戦だからね。小森署長には、厳しい情勢の中、警備三課や鎌倉署のシフトを調整してもらった。感謝いたします」

「いえ、そんな」

「お疲れのようですから、作戦完了の暁にはまずはゆっくりお休みください」

重臣は小森署長を労うと、そのタイミングで続々と警備三課や他の課の者たちもブリーフィングルームに合流する。

警備三課の隊員だけは弥登の姿を見て驚いたような様子を見せるが、重臣の姿を認めると特に何も言わず弥登に目礼だけして、めいめい席につく。

弥登は古閑に最前列の席に案内され、やむを得ずそこに座る。

全員が着席すると照明が落とされ、ブリーフィングファイルがモニターに表示される。

「皆さん、ようこそ集まってくださいました。今回は鎌倉署の皆さんに、食料国防庁主導の大規模治安維持作戦に参加していただきます」

「本庁主導？」

思いがけず大規模な話に弥登は目を瞬き、右隣に座った真優を見るが、真優は弥登を無視して真っ直ぐ重臣を見ている。

「皆さんにとっては苦い思い出の話をします。去る九ヶ月前、昨年冬、南関東州食料国防隊本部主導の、三浦半島食料浄化作戦。南関東州本部も鎌倉署も、三浦半島に巣食うアディクター相手に大敗を喫し、多くの犠牲を出しました。この場にも大怪我をしたり、同僚を失った人も多くいるでしょう」

ほかならぬ弥登も、その作戦で大怪我を負った一人だ。

「明日、皆さんは雪辱の機会を得ます」

「え……？」

「第二次三浦半島食料浄化作戦。鎌倉署警備三課を先頭に、昨年の三倍の規模の編成で、手始めに旧横須賀市街のアディクターを殲滅（せんめつ）します」

弥登は目を見開き真優を見るが、真優は相変わらず弥登を見ない。

「真優ちゃん、どういうこと」

「ブリーフィング中ですよ、隊長」

だが真優は取り合わない。

「これが衛星写真の捉えた横須賀市街の様子と、中心街に至るまでのルート候補です。撃滅の大目標は三か所。アディクターの根城であるここ、グレーチングストリートと密輸港となっている旧米海軍基地を完全に破壊。そしてアディクター撃滅後に横須賀の食料衛生環境保全のため、旧横須賀中央駅を制圧し、仮の食料国防隊横須賀署を設置します」

「グレーチングストリートと、海軍基地を……！」

「昨年の反省を生かし、部隊の数、スピード、編成の全てを改善した作戦を立案しました。本作戦は現時点の書類上では鎌倉署主導のものとなりますが、作戦成功の暁には、全国の食料国防隊をけん引する国策の先駆けとして、歴史に名が残ることになります」

そして、重臣の言葉に合わせて、モニターにある言葉が示された。

それを見て、弥登はとてつもない衝撃に襲われた。

「日本国内から食料安全維持法に違反するあらゆる禁制食品を排除し、正常な食品衛生環境を脅かすアディクターを撃滅し、日本人の清浄な食品環境を取り戻します」

弥登がその言葉を見るのは初めてではなかった。

だが、それの意味するところは、極限を越えた対極に位置するものだった。


『秘匿コード・メシトピア作戦』


「完全なる食べ物の楽園、メシトピア構築のための、これは第一歩です。表向きは、第二次三浦半島食料浄化作戦。ですが、成功の暁には第一次メシトピア作戦として、皆さんの名が歴史に残ります。署長」

「はい」

真っ暗な部屋でモニターの青い光に照らされて立ち上がる小森署長は、まるで亡霊のようだった。

「本作戦の先鋒は警備三課のヒュムテック隊が務める。そのため、作戦の総隊長に、矢坂弥登隊員を任ずる！」

「そういう……ことなのね」

小森署長の指名とともに、両脇の古閑と真優が先駆けて拍手をし、それが部屋中に広がってゆく。

父の前で、食料国防庁事務次官の前で、作戦を前に除隊するなどとても言える雰囲気ではなかった。

弥登は拍手に押し出されるように立ち上がる。

一度だけ傍らの真優を見るが、真優の顔はなんら悪びれていなかった。

「……第二次三浦半島食料浄化作戦総隊長の任、謹んでお受けいたします」


「真優ちゃん、知ってたのね」

「ええ。私と古閑さんだけは、予め署長から知らされていたんです」

ブリーフィングの後、弥登は真優を署の屋上に呼び出した。

「隊長が行方不明になった日に、署長がお父様から作戦を知らされたそうです。隊長が総隊長になるのも、そのとき決まってたそうです。だから美味しいモノ食べてさんざ色良いこと吹いてきた署長が帰って来て、隊長がアディクターとバトった末に行方不明だって知ったときの気持ちは本当、察するに余りありますよね。そりゃあれだけ痩せますよ」

「私との約束は、どうなるの」

「一応果たす気はあります。ただ、昔の悪い借金取りみたいなこと言いますけど、いつまでにとは約束してません。私だって給料で養ってる家族がいるんです。だからこの作戦が終わった後なら、いつでも隊長の退職、手え回してあげますよ。こうなったら、やる意味あるのかどうか疑問ですけど」

「どういう意味」

「次官は本気ですよ。横須賀は完全に壊滅します。隊長が情報を出さなくても、古関さんと私がデータを出します。悪いですけど、ニッシンさんと一緒に暮らす夢は叶(かな)いません」

「初めから、そのつもりだったのね」

「当たり前でしょう！　大事な同僚が！　尊敬すべき上司が！　一時の情に負けてアディクターなんかのために身を持ち崩すのを、部下として、同室の友達として、黙って見ていられません！」

「真優ちゃん……」

「本当ならあのとき、ニッシンとかいう奴を殺してやりたかったですよ！　隊長を禁制食品で汚して、道を踏み外させて！　その上奴は、日本国民の健康を脅かすアディクター、犯罪者です！　隊長！　汚れた食べ物を食べてるような人間に惑わされないでください！」

「汚れた食べ物を食べてるような人間……か」

真優が激昂するほどに、弥登の心は冷静になっていった。

「真優ちゃんにとって、禁制食品を食べている人達は、死んでもいい人たちなの？」

「……本音ではそう言いたいですよ。お金が無いせいで已むに已まれずそういう食べ物を食べるしかないなんて話もよく聞きますけど、ちょっと調べればコッカンバーは誰でも受給できるんです。ろくに調べもしないで安易に禁制品に手を出すなんて、そんな連中に同情する気なんか起きません」

「真優ちゃんは、コッカンバーで生活したことはあるの？」

「食べたことはもちろんありますよ」

「そうじゃない。朝から晩まで毎日三食、コッカンバーと水だけを口に入れる生活を送ったことがある？」

「……いえ、そこまでは」

「『コッカンバーは人間が食べるものじゃない』そうよ。聞いたことない？」

「アディクターの戯れ言です。まさかそんな話を、真に受けてるんですか」

「健康な食事って、何なのかしらね」

「え？」

「体の健康は、もちろん大事よ。でもそれと同じくらい、心の健康も大事。コッカンバーを食べ続ける人は、食事の時に笑顔になれる？」

「……何を、言ってるんですか」

「分かってもらえるとは思ってないわ。おかしいのは私。こんなこと、普通の隊員なら絶対許せないわよね。だからこそ黙っててくれた真優ちゃんには感謝してる」

弥登は真優に向き直ると、頭を下げた。

「隊長⁉」

「ごめんなさい。あなたの理想の隊長になれなくて」

「な、何を……やめてください隊長、そんな……怒ってない……んですか？」

「予想はしてたから」

弥登はそう言うと、真優の横を通り抜けて屋上から降りようとする。

「待ってください隊長！　一体どうするつもりなんですか！」

「安心して真優ちゃん。また逃げたりとか、部隊を捨てて辞めるなんて考えてないから。私はちゃんと、横須賀のアディクターを滅ぼす作戦の総隊長を務めるわ。その責任も、きちんと負う」

「え？　え？」

真優は混乱した。弥登の望みは、隊を退いて横須賀でニッシンと共に過ごすことだ。

だが今回の作戦が遂行されれば、絶対にその望みは叶わない。

「何考えてるんですか？　まさか、戦闘に入った途端に味方の部隊を撃つつもりじゃ」

「腐っても食料国防隊員。矢坂重臣次官の娘よ。作戦が終わるまで、隊長として、隊員として責任を果たすわ」

弥登が立ち去った屋上に取り残された真優は、我に返ると慌てて弥登を追ったが、真優も警備三課の重要な戦力であるため細かい打ち合わせの予定が無数に入り、結局それから作戦開始の時刻まで、弥登と二人きりになることはできなかった。

※

『ニッシン、マジでいた。にー、さん……うぇぇ、フォーマンセルが三部隊。全部で十二機これやばいよ。見つかったら袋叩きだ。絶対助からない』

弥登が横須賀を去った二日後の早朝。

朝比奈よりもわずかに逗子側に踏み込んだ六浦のニュータウンの廃墟に、食料国防隊のエンブレムを背負ったヒュムテック隊が集結していた。

「見えてる。ゲンジボタルは一機だけだな」

弥登が乗っていたH—20型は一機しかおらず、他は昨年の浄化作戦時にも見たことのある旧式のヒュムテックだが、どちらにしろニッシンのヤドカリで戦える相手ではない。

コンテナを外して身軽にはなっているものの、大した武装に換装できるわけでもない。

それでもニッシンが三浦半島防衛の最前線にいるのは弥登を横須賀に引き込んだ責任があるからだ。

「どう考えても通常の哨戒部隊じゃないな」

『特に隠れてる感じでもないけど、見つかるって思わないのかな』

「俺達が襲撃を察知してるとは思ってないだろうしな。たまたま見つかってもアディクターのヒュムテックなんか、あの陣容ならそれこそ袋叩きにできる」

『……弥登は、本当のこと言ってたんだね』

横須賀から去る間際、弥登はニッシンに、食料国防隊に横須賀を襲撃する計画があるかもしれないと告げていたのだ。

根拠は、ニッシンのヤドカリの足下で、弥登の部下の隊員が何気なく呟いた一言と、それについて尋ねたときに下手なごまかしをした部下の態度だけ。

『私に嘘を吐くような人じゃなかったの。でも、彼女は何か隠してた。本気で私を探したいなら、古閑さんと真優ちゃんだけが来てるのは絶対おかしいわ。何か、横須賀の人たちに不穏な動きを知られたくないんだと思うわ』

弥登の推測だけが根拠なので、シンジケートのヒュムテックや武器の準備は決して整っていない。

　それでも弥登の人柄を知る明香音と美都璃、そして坂城と端木と李の賛同を得て、逗子や田浦の道には十分な人員を配置することができた。

『仕掛ける?』

「馬鹿言うな追いつかれる。俺がここに残って見張ってる。明香音は横須賀に事態を知らせに行ってくれ」

『それこそバカ言わないでよ。いざってときヤドカリじゃ絶対逃げ切れないでしょ。松葉ガニの方がまだ逃げられる可能性がある。知らせにはニッシンが行って』

「明香音」

『ニッシンが弥登を連れてくる直前、私がどんなに泣いたか分かる？　ニッシンは絶対に捕まったか殺されたと思った。もうあんな思いするのは御免だから、ニッシンもあの嫌な時間を味わうといいよ』

「お前なぁ」

『あのときのニッシンは、弥登がいるって分かってたから戦略的に残ったんでしょ。今回、あの十二機に弥登がいる可能性は低い。だったら足の速い私が戦略的に残るべきだ。そうじゃない？　あんまり考えてる時間はないかもよ』

　ニッシンはもう一度、待機中の十二機を見た。こちらの方が高所に陣取っているが、ゲンジボタルならこの程度の高低差は簡単に覆してしまうだろう。

そのときだった。

『ヤバい。目が合った』

「何!?」

『見られたかもしれない。ニッシン早く行って！　ここは私が引き受ける！』

次の瞬間、明香音は松葉ガニのミサイルポッドから煙幕弾を、待機している十二機のすぐそばの地面目掛けて射出した。

だが、敵の動きは的確で、粗悪な精度の煙幕弾は空中で迎撃され、地面に落ちることなく空中で無意味に煙を吹き出す。

『ニッシン！　早く!!』

「……絶対に生きて帰れよ!!」

もはや一刻の猶予も無い。

ニッシンはヤドカリのエンジンを全開にして、横須賀に向けて無線を発しながら高速道路を全力で南東方向に走りだした。

明香音は無駄だと知りながらも、無数にあるだけの煙幕弾を射出する。

一発だけ地面に着弾するも、これだけ撃ってしまえば射出点を割り出され、もはや敵のセンサーを妨害するだけ無駄な状況だろう。

「美都璃、ニッシンごめん。流石にこれは、帰れないかも」

松葉ガニのセンサーの中で、十二機のヒュムテックの砲身が、一斉に明香音に向いた。

鎌倉署の第二次三浦半島食料浄化作戦本部で、弥登は署長と父を背後に、各所からの報告を処理していた。

「全隊、配置完了。作戦開始まで残り三十分です」

「全隊との通信はクリア。マップデータとの照合も完了しました」

「状況はオールグリーンのようですが、もう作戦は開始してもよろしいのでは？」

小森署長が重臣に尋ねるが、重臣は首を横に振る。

「この作戦はメシトピア計画の第一陣として、本庁や政府も注目しています。警察庁や防衛省、それに首相も作戦の遂行を監察する予定です。作戦開始時刻はそれに合わせています。定刻より前に開始することは認められません」

「お父……いえ、次官。もし不測の接敵があった場合はどうしますか」

「その場で捕縛、または撃滅。ただし相手に検知されていない場合は無視しなさい。この作戦は今後のメシトピア計画の武力を伴う作戦のモデルともなります。可能な限りブリーフィング通りに遂行してください。今回は立案された作戦の欠点を洗い出す意味もあります」

「……承知しました。万一アディクター機を発見した場合の対処を各隊に通達。発見された場合は撃滅。発見されていない場合は見逃してください」

「了解。各隊に通達します」

警備三課も、州本部から派遣された隊も、本庁からやってきた隊員も、皆スムーズに動いている。

「顔が硬いね、弥登。緊張しているかい？」

「少し」

父の問いに弥登は振り返らずに頷く。

「いいことだ。程よい緊張から、良い仕事が生まれる。これから弥登は、何度もこういった場面に立ち会うことになる。学べるだけのことを学びなさい」

「……何度も、ですか」

弥登は皮肉気味に笑う。

「もちろん、これが最初で最後ならそれほど素晴らしいことはないけどね」

弥登の言葉をどう受け取ったものか、重臣もまた皮肉気味に頷いた。

「早く報せが来れば、と思っています」

「こういった待つ時間に泰然としていられるかどうかも、指揮官の資質だ。ヒュムテック隊の隊長として現場にいるときとは違った緊張感だけども、これにも慣れていってほしい」

「……そうですね」

弥登の生返事を任務への集中と解釈したか、重臣は満足げに頷いて、後ろに下がった。

「上手く行ってくれ……上手くいってくれ……」

署長は結局あれからまた眠っていないのか、ゾンビのようにぎょろりとした目で、弥登よりよほど落ち着きのない様子で貧乏ゆすりをするだけだった。

「古閑さん。こちら松下。配置に着きました」

『古閑了解。じりじりするなぁ』

「落ち着いてくださいよ。私達はいつもと同じように敵ヒュムテックを倒すだけです。施設破壊は州本部の隊が担当するんだからそんなに緊張しなくても」

古閑と真優は逗子インターの周囲で待機していた。

ゲンジボタルのコックピットで作戦開始の合図を待つ間、古閑の軽口が止まらない。

『さすがに大きな作戦だから、隊長も緊張してただろ。何か隊長の緊張が俺にも移ったみたいでさ』

「……隊長と心が通じ合ってる的なアピールですか。気持ち悪いですよ」

『そ、そういうんじゃないけど、もしかして、隊長緊張してなかった？　俺の気のせい？』

「いや、緊張はしていましたよ。ただ……」

『ただ?』

「何か、大きな作戦だからっていうんじゃないような……」

真優は、弥登が署の屋上で告げた言葉の真意を未だ測りかねていた。

弥登は、ニッシンなるアディクターと横須賀で暮らしたがっていた。

だがこの状況で、そんなことはもう永遠に不可能になる。

まさか心変わりして諦めて、食料国防隊として生き続けることを決心したのだろうか。

いや、それならば、真優に頭を下げてあんなことを言うはずがない。

『ごめんなさい。あなたの理想の隊長になれなくて』

「隊長……一体何を考えて……」

『松下さん、松下さん』

「ここでもし総隊長を降りたところで作戦は止まらないだろうし、本部にいるんじゃ現場の邪魔もできないだろうし、一体……」

『松下さん! 松下さん!』

「……何ですか古閑さん! 私今ちょっと集中して考え事してるんですよ!! ちょっと黙ってて……」

『端末』

「何ですか！」

『端末。見て。端末。何だこれ。変な映像が』

「はあ!?　こんなときに何かエロ動画でも見てるんですか！　ちょっと静かにしてくだ……」

『フザけてる場合じゃないんだ!!　今すぐ隊員端末を見ろ!!』

古閑の鋭い叫びにびくりと身を震わせた真優は、怪訝な顔で戦闘服の胸ポケットに入っている隊員端末を取り出した。

すると、隊内チャットアプリやクラウドデータアプリが、何やら大騒ぎになっている気配がする。

中には『警備三課、松下隊員へ』と、真優に直接何かを問い合わせてくるメールまである。

「え、こんなときに何これ……？」

真優は現在時刻を確認して、まだ作戦開始時刻まで時間があることを確認してから問い合わせのメールを開く。

そして。

「……な」

息が止まった。

思考が真っ白になり、一体何が起こっているのか分からなかった。

「な、何なの、コレ……」

『見たのか⁉　俺が見てるのと同じものか⁉　松下さん！　これは、これは一体……！』

古閑がパニックに陥っても今回ばかりは冷たくあしらうことはできなかった。

こんなものを見たら、鎌倉署の人間なら誰だって凍り付く。

『何で、何で隊長が……』

メールに添付された映像は、今、ＳＮＳのメディアアカウントで、枯れ原の野火の如く大炎上しながら拡散され続けているという。

『何で隊長が、カップラーメンなんか食べてる映像が拡散されてるんだ⁉』

「あれ？」

明香音の松葉ガニはとっくに見つかっているはずなのに、食防隊の十二機に動き出す様子が無い。

明香音のいる場所に砲身を向けたまま、エンジンだけはかけているようだが動き出す様子がないのだ。

「……あいつら、何で動かないの？」

『落ち着けって。いきなり食うと咽るぞ』

『んぐっ……えほっ……えほっ……』

矢坂弥登がどことも知らぬ狭い部屋の中で、

『あ、甘い……何なのこれ！』

『中国で人気の薬膳茶らしいぜ。俺も初めて見たから甘いってのは知らなかったが』

明らかな禁制食品を、

『矢坂……弥登』

『やさか……？』

『ほ、ほら、これを見て！　嘘は吐いてないわ！』

『ＯＫ、取り引き成立だ。どれがいい。好きなの選んでくれ。このリュックに入れてる分くらいなら渡せるが』

『そ、そんなに食べられないわよ！　で、でも、それじゃあ……その……カレー、を』

黒づくめの男から差し出されるまま、進んで食べる様子がはっきりと映っていたのだ。

『それだけでいいのか？　いつ救助が来るのか分からないんだぞ？』

『わ、分かったわよ……じゃ、じゃあその缶詰と……ウーロン茶を』

「何よ、何の冗談なのよこれは……！」

真優は動揺を露わにするが、こうしている間にも動画がどんどん拡散されているのか、真優や警備三課に対する問い合わせはどんどん増えていく。

そのとき、激しくハッチが叩かれて真優が開けると、そこには顔面蒼白(そうはく)の古閑がいて、端末を手に震えていた。

「何なんだ。何なんだよこれは……」

「私に聞かれたって分かるわけないじゃないですか！」

二人がパニックになっている間に、

『……はぁ……美味しい』

弥登が、カップラーメンを美味しい、と言い出す恐怖の映像と声が、目と耳を打った。

一体何故、作戦開始直前にこんな映像が出回ったのだ。

総隊長がカップラーメンを食べて美味しいなどと言いだす映像が世の中に出回れば、とてもではないが配下の隊員が平静でいられない。

そこまで考えた真優は、はっと目を見開いた。

「隊長……まさか！」


「弥登！　これは一体どういうことだ‼」

「ややややや矢坂くん、やや、やさか、やさ、矢坂……！」

作戦本部の動揺は、現場の比ではなかった。

作戦の総隊長がインスタント食品を食べる映像が共有されているのは部隊配備の現場と同じだが、その経路が全く異なっていた。

官邸から重臣に、直接問い合わせが来たのだ。

いや、それは問い合わせなどと生易しいものではなく、ほとんど詰問に近いものだった。

日頃穏やかな重臣が顔を真っ赤にして激怒しており、小森署長は今にも窒息しそうなほどに全身が青くなっている。

「何のことか分かりませんが、どういうもこういうも見たままでは？」

弥登一人が白々しく総隊長席にふんぞり返って、泰然とした様子だった。

「見たまま……お前、何を」

「私はまだ見ていないので分かりませんが、もしかしてどこかの隊員が違法な食べ物を食べてるところでも映ってるんでしょうか」

「まままさか、ややや、矢坂く……う、ご……」

遂には小森署長はその場で泡を吹いて気絶してしまった。

「弥登!!　質問に答えろ！　これは一体どういうことだ!?」

「ですから見たままですよ。私がカップラーメンを食べている映像でしょう？　昨夜、主だった新聞や雑誌社に流しておきました」

『お願い、私もう一度、カップラーメンを食べてみたいの！』

『はあ？』

『あなたにもらったカップラーメン、あの味が忘れられなくて……それに……』

『な、何だよ』

『……ううん。とにかく！　私をあなたと一緒に連れて行って！　私はもっとインスタント食品のことや、食料安全維持法が本当に守るに値する法なのか知りたいの！』

動画の場面は変わって、朝比奈でのニッシンとの会話に移っている。

そこでも弥登の声で、弥登がカップラーメンを食べたいと言い放つ様子がはっきりと記録されていた。

そのまま弥登がアディクターを逃がすような通信を古関に送った場面までがしっかり流れ、もはや作戦本部に詰めた隊員達の目は、弥登に対しはっきりと裏切り者に向ける色になっていた。

そして、最後に流れたのは、横須賀の街の、細い裏路地だった。

そこは、ニッシンと弥登が母親の骸と共にいた子供を助けた、あの死の通りだった。

『私は横須賀で、アディクターと呼ばれる人たちと共に過ごし、食料安全維持法が生んだ歪みを目の当たりにしました。清浄な食品を国民の健康のためにと言いながら、こうして多くの人が、清浄な食べ物を買うことも食べることもできず、都市を追われて流れた末に死んでいく。

これが、法の理想とする健康な国民の姿ですか』

「弥登、お前は、一体何を……！」

映像の中の弥登は、食料国防隊の制服を纏っていた。

『結局のところ食料安全維持法は、好き嫌いが多すぎる一部の人が、自分の気に食わないものを排除することにそれらしい理由を並べ立てただけの欠陥だらけの法です。そんな法律が推し進める楽園の外で、これだけの人達が飢えて死んでいる。これのどこが理想ですか。そこまでして守る食品衛生環境とやらに、何の意味があるのですか』

「弥登っ!!」

重臣は娘の胸倉をつかむとその頰を思いきり叩いた。

「ふーっ……ふーっ……貴様、食料安全維持法に疑いを持つなど」

弥登は床に倒れるが、光の無い目のままに父を見上げた。

「あんな法律に疑いを持たない人間の方がおかしいんです。あの日の大楠山までの、私も含めて」

「なっ……!!」

娘が弁明をしないどころか、更に大勢の前で罪を重ねる姿に、重臣は完全に言葉を失った。

そのときだった。重臣の端末に電話が着信し、重臣は慌ててそれを取る。

そして。電話口から聞こえる声に、重臣は凝固した。

「そ、総理……‼」

弥登の乱心に動揺する本部が、更にざわついた。

『矢坂君。とんでもないことになったね』

「い、いえ、何かの間違いで……」

『間違いもクソもない。既に官邸にも食防庁にも、それに君の娘が卒業した食防学校にもマスコミが詰めかけている』

「な、なんですって⁉」

重臣の口調から、どんどん力が抜けてゆく。

「す、すぐに娘を総隊長から解任します！　作戦に支障は……」

『無い、とでもいうのか？　これだけのメンツの前でこれだけの失態を晒して、あまつさえ食料安全維持法に対する疑問を国民に振りまいて、そんな人間を総隊長に据えた作戦が成功したとして、一体何になる』

「そ、それは……」

『成功するならまだいい。もし昨年のような失敗をしてみろ。横須賀のアディクターと通じている隊長が国家に損失を与えたと世間は受け取る。そんな賭けを、国家にしろと君は言うのかね』

「……それは」

『作戦は中止しなさい。まさか現役次官の娘が、思想矯正プログラムの対象者になるとは思いもしなかった。メシトピア計画は、一旦見直しとし、全国の食料国防隊の綱紀粛正を優先する。……君も、身辺を整理しておいた方がいい』

「総理！　そう……っ！」

総理大臣からの電話は一方的に切られてしまったようだ。

しばし呆然としていた重臣だったが、ふと、周囲からの視線に気づく。

弥登だけではない。作戦がこの先どうなるのか、次官が娘をどう処するのか、混乱と疑惑とが入り混じった目だ。

「何をしている鎌倉署！　矢坂弥登を総隊長から解任！　逮捕しろ！　食料安全維持法の重大な違反者だ！」

「で、ですが……御息女を……」

本部に詰める誰かの声を、重臣は振り払った。

「こんな奴は、む、娘ではない！　さっさと逮捕し留置場に放り込め！」

ヒステリックに喚く重臣の命令で、本部に詰めていた隊員が二、三人立ち上がって、床に倒れたままの弥登を立ち上がらせる。

「……お前は……なんてことを……！」

乱れた前髪の奥にある娘の目に、父は狂気を見た気がした。

だが当の娘は、至って冷静だった。

「お母さんにだけは、ごめんなさいって思うわ。でも、お父さんには、謝ることはできない。私は……食料国防隊員。日本人の食の安全を守る者よ。何も、間違ったことはしていないわ」

「……連れて行け‼」

重臣は娘の顔を直視できず、弥登は後ろ手に手錠をかけられ、本部から連れ出された。

時刻は朝六時。本来なら作戦が始まる時刻だった。

重臣は総隊長席のマイクを摑むと、力なく言った。

「全隊……撤収。本作戦は、現時刻を以って中止する……」

そう言ったきり、ぐったりと隊長席に崩れ落ち、そのまましばらく動かなかった。

「帰ってく……」

明香音の見ている前で十二機のヒュムテックが踵を返し、明香音には見向きもせずに立ち去った。

お互い撃ち合ったのに、食料国防隊が明香音を逮捕せずに帰るなどと考えられない。

「もしかして、弥登？」

きっと何か、作戦上の問題が生じたのだろう。

弥登は、ニッシンに対し内部からかく乱を試みることを伝えていたらしい。

「なんだよ。また助けられちゃったよ……」

明香音は面白くなさそうに吐き捨ててから、コックピットのコンソールを軽く拳で殴ってから、

「ニッシン」

先に逃がしたニッシンに、通信を開いた。

「始まる前に、終わったみたいだよ」

終章　丸く美しい握り飯

横須賀は、今日もせわしなく忙しく、そして腹を減らしている。

グレーチングストリートの鳳凰軒で、ニッシンと明香音はあの日のようにネズミ肉の串を食べながら、テレビを眺めていた。

この数日の報道で、二人の目を引くものは特にない。

十二機の食料国防隊ヒュムテックが明香音の目の前で何もせずに立ち去った日の翌日、食料国防庁の矢坂重臣事務次官が更迭された、というニュースが、夕方の五分ニュースでトピックとして流れたこと以上に、ニッシンと明香音の興味を引く報道はここ数日無かった。

「本当にやるの？」

明香音の問いに、ニッシンは頷く。

「約束しちまったからな。俺も、あいつも」

「大丈夫なの？　って聞くまでも無く大丈夫じゃないのは分かってるんだけど……それでも、考え直した方がいいと私は思うよ」

「そういうわけにはいかない。明香音だって分かってるだろ」

「そりゃあ、私だって、何だかんだ弥登には恩を感じるところは無いでもないけどさ……」

明香音は居心地悪そうに、串を一本摘まんだ。

「俺やお前だけじゃない。横須賀全体が、弥登に足を向けて寝られない。そうだろ」

「……うん。でも……だからってやっぱり、NFPから人一人連れ出すってのは、やっぱり無茶だよ。どんなに弥登のことが大事でも、出来ることと出来ないことが……」

公に報道されたことではない。

だが弥登は、第二次三浦半島食料浄化作戦が中断された後、アディクターとして食料国防隊に拘束され、父親が更迭されるのとほぼ同じタイミングで起訴された。

その行く先は国営農場NFP。

今や日本の食料生産の六割を担う、巨大プラント兼、アディクター特化の刑務所だ。

『農場送り』になったものは、よほどのことが無ければ二度と農場の壁から外に出ることはできないと、まことしやかに言われている。

それを裏付けるように、ニッシンも明香音も逮捕された横須賀のアディクターが帰還した例しを知らない。

「だから、あいつらと行くんだ。俺一人じゃどうにもならないが、あいつらと一緒なら少しは光が見えるかもしれないだろ」

「私はそれが一番危険だって言ってるんだよ！　だってあいつら……」

明香音は鳳凰軒のホールの端で、ニッシンと明香音を睨む二人組を睨み返した。

「隙あらば絶対ニッシンのこと殺そうとするよ。あれはそういう目だよ」

松下真優と、古閑慶介。

横須賀に現れた二人の男女は、そう名乗った。

グレーチングストリートのシンジケートの建物に押し入り二人で暴れ、ニッシンを出せと迫ったのだ。

聞けば弥登の元部下で、横須賀のアディクターを幾人も捕らえた鎌倉署の警備三課の隊員だったと言う。

だが今や鎌倉署は完全に機能不全に陥っており、弥登の部下だった警備三課の隊員は全員謹慎処分が下されているらしい。

「……もちろん殺して済むなら殺したいですよ」

明香音の言うことが聞こえていたのだろう。松下真優が低い声で言った。

「でも、殺したら二度と隊長の本心が聞けなくなる。一体隊長がどういうつもりでそいつと暮らして、横須賀を守ろうとしたのか、俺達は知らなきゃいけないんだ」

古閑慶介も、溢れようとする殺意を必死で抑えながらニッシンを睨んでいた。

「お前らも大概正気じゃねぇな。食防隊員がアディクターを使って農場破りしようってんだろ。上手く行くと思ってんのか」

弥登は明確に食料国防隊と食料安全維持法に反逆する意志を示したが、松下と古閑は違う。

てあげるよ！」

「……ありがとう。感謝する」

「その代わり！」

「ん？」

「弥登がいなくなった夜、何があったかきりきり吐いてもらうよ。あの松下とかいう奴が言うには、なーんかもう弥登、抜け駆けしてニッシンと既成事実を作ってる気配がするから」

「な、何だよそりゃ⁉　俺は何もしてな……」

その瞬間、弥登の別れ際のキスを思い出し、ニッシンはつい言葉尻が濁ってしまう。

「……ニッシン？　どういうこと？　明香音ちゃんを差し置いて、そんな不潔なことを……」

美都璃はその言い淀みを見逃さず、先程までのおにぎりの天使といった様子から一転、肉串でニッシンの喉を貫きそうなほどの殺気を沸き立たせた。

「だから俺は何もしてないってば‼」

「俺は⁉」

「いや、だからその……と、とにかく、メンバーが決まったからにはさっさと行くぞ！　農場なんか一秒だっていない方がいいんだからな！　おい！　古閑！　松下！　調査に行くぞ！」

美都璃、握り飯ありがとな！　それじゃ！」

「ちょっとニッシン！　話はまだ終わってない‼」

鳳凰軒を飛び出すニッシンを、明香音と美都璃が追いかけてゆき、残されたツバサは厨房から出てきた端木を見上げ、端木は何も言わずに肩を竦めるだけ。

古閑と真優は、物凄い勢いで飛び出してきたニッシンと明香音と美都璃に目を丸くするが、ニッシンに逃げられると思ったのか、慌てて追いかけてくる。

こんなことで、果たして国家権力に逮捕され、農場に収監された弥登を助けることなどできるのだろうか。

後ろを追ってくる明香音と美都璃、真優と古閑を振り返りながら、ニッシンは青い空に全く似合わぬ不安の雲が、心の中に湧き上がるのを感じたのだった。

※

高さ二十メートルはあろうかという壁には一切のとっかかりは無く、地面の下には十メートルにわたって基礎が埋められているという。

かつて隊員研修で、農場からは人も作物も、正規のルートから以外では絶対に出ることはできないと教わったことを思い出す。

一日の食事は、コッカンバーが三本だけ。

「ダイエットがはかどりそう」

独房の窓から見える農場の外壁を眺めながら、弥登は小さくぼやいた。

実際にコッカンバーだけを口にしながら一週間経つが、早くも食事の味気なさに気が狂いそうになっていた。

弥登は、食料安全維持法違反のアディクターであると同時に、政治犯として思想矯正プログラムを受ける義務を負っていた。

横須賀で見た全ての悲劇を正当化するプログラムに決して屈しない心構えでいたが、完成された思想矯正プログラムは身体的な負担を課すことを許しているため、弥登は苛烈な責めの中で何度も心が折れそうになった。

それでも、弥登はあの夜の観音埼の記憶だけを心の命綱に、耐えていた。

「……信也さん」

ニッシンの本当の名前。それを呟くだけで、勇気と力が湧いて来る。

支給されたコッカンバーを、弥登は齧った。

申し訳程度に塩をまぶした鶏肉のような味。こればかり食べる生活は、確かに人間の食生活ではない。

「私、今度こそ絶対に屈しない。だから……」

月と星の姿だけは、観音埼や横須賀と、何も変わらない空だった。

「必ず生きて待ってる。だから……きっと迎えに来て」

―了―

あとがき　―　コンビニで間食　―

水や食べ物の話は、大人になると結構強い主義主張が発生するトピックです。人は一人一人好みや体質が違いますから、自分の信じる水や食べ物の良さを人に伝えるのは本当に難しいし、何なら伝わらないこともあります。

初めましての方は初めまして、和ヶ原聡司と申します。

唐揚げにレモンをかけるかけない、天ぷらはつゆか塩か、焼き鳥はたれか塩か、茸か筍か。

世に食べ物の有る限り、争いの種は尽きません。

実際この程度のことなら微笑ましいものですが、食べ物や飲み物に関するリスクをとことん突き詰めようとしたり、どこどこの水以外は絶対使わないとか言い出したりすると、人間関係や社会生活にも支障をきたすことになります。

幸いにして私はそこまでの実例に出会ったことはありませんが、アレルギーに対する無理解とか、アルコールハラスメントとか、そういったものも食に関する身近なトラブルと言えるでしょう。

本書の根本のアイデアは、そんな眉をひそめてしまうような世の中の動きからは全く無縁のところから生まれました。

大変私的な話で恐縮ですが、現在の私、人生で最も不健康な体型になっておりまして、それでも日々のストレス解消のため、飲み食いを我慢するということができなくなっておりました。日常の三食以外につい口に入れてしまう間食を買いにふらっとコンビニに行ったあるとき、ふと思ってしまったのです。こんな美味（うま）いもんが売ってなければこれ以上太ることもないのに……と、極めて身勝手な思いがよぎった瞬間、

「……本当になくなったらどうなる？」

との考えに至ったのが全ての始まりでした。

この物語は、飽食社会と呼ばれる現代日本の食品環境が、ちょっとしたことで崩壊してしまった、あり得るかもしれない未来のお話です。

食べ物と心身の健康を大切にしながら、食べたいものを食べたいときに食べられる今の時代が少しでも長く続くことと、次のお話でまた皆様にお会いできることを願って。

それでは！

◉和ヶ原聡司著作リスト

「はたらく魔王さま！1～21」（電撃文庫）
「はたらく魔王さま！0、0-Ⅱ」（同）
「はたらく魔王さま！SP、SP2」（同）
「はたらく魔王さまのメシ！」（同）
「はたらく魔王さま！ハイスクールN！」（同）
「はたらく魔王さま！ おかわり!!」（同）
「はたらく魔王さま！ ES!!」（同）
「ディエゴの巨神」（同）
「勇者のセガレ1～4」（同）
「スターオーシャン：アナムネシス -The Beacon of Hope-」（同）
「ドラキュラやきん！1～5」（同）
「飯楽園―メシトピア― 崩食ソサイエティ」（同）

本書に対するご意見、ご感想をお寄せください。

ファンレターあて先
〒 102-8177　東京都千代田区富士見 2-13-3
電撃文庫編集部
「和ヶ原聡司先生」係
「とうち先生」係

本書は書き下ろしです。

電撃文庫

飯楽園—メシトピア—
崩食(ほうしょく)ソサイエティ

和ヶ原聡司(わがはらさとし)

◇◇◇

2023年９月10日　初版発行

発行者　山下直久
発行　株式会社KADOKAWA
〒102-8177　東京都千代田区富士見2-13-3
0570-002-301（ナビダイヤル）
装丁者　荻窪裕司（META＋MANIERA）
印刷　株式会社暁印刷
製本　株式会社暁印刷

●お問い合わせ
https://www.kadokawa.co.jp/（「お問い合わせ」へお進みください）
※内容によっては、お答えできない場合があります。
※サポートは日本国内のみとさせていただきます。
※ Japanese text only

※定価はカバーに表示してあります。

ISBN978-4-04-915125-1　C0193　Printed in Japan

電撃文庫　https://dengekibunko.jp/

電撃文庫DIGEST　9月の新刊

発売日2023年9月8日

魔王学院の不適合者14〈上〉
～史上最強の魔王の始祖、転生して子孫たちの学校へ通う～

著／秋　イラスト／しずまよしのり

世界を滅ぼす《銀滅魔法》を巡って対立する魔弾世界とアノスたち。事の真相を確かめるべく、聖上六学院の序列一位・エレネシアへ潜入調査を試みる——!!　第十四章《魔弾世界》編、開幕!!

ブギーポップは呪われる

著／上遠野浩平　イラスト／緒方剛志

県立深陽学園で流行する「この学校は呪われている」という噂は、生徒のうちに潜む不安と苛立ちを暴き暗闇へ変えていく。死神ブギーポップが混沌と無情の渦中に消えるとき、少女の影はすべてに牙を剥く——

はたらく魔王さま!　ES!!

著／和ヶ原聡司　イラスト／029

真奥がまさかの宝くじ高額当選!?　な日常ネタから恵美たちが日本にくる少し前を描いた番外編まで！『はたらく魔王さま！』のアンサンブルなエントリーストーリー！

ウィザーズ・ブレインX
光の空

著／三枝零一　イラスト／純 珪一

天樹錬が世界に向けて雲除去システムの破壊を宣言し、全ての因縁は収束しつつあった。人類も、魔法士も、そして大気制御衛星を支配するサクラも見守る中、出撃の準備を進める天樹錬と仲間たち。最終決戦が、始まる。

姫騎士様のヒモ5

著／白金 透　イラスト／マシマサキ

ギルドマスター逮捕に揺れる迷宮都市。彼が行方を知るという隠し財産の金貨百万枚を巡り、孫娘エイプリルにも懸賞金がかかってしまう。少女を守るため、ヒモとその飼い主は孤独に戦う。異世界ノワールは第２部突入！

怪物中毒3

著／三河ごーすと　イラスト／美和野らぐ

街を揺るがすBT本社CEO危篤の報。次期CEOの白羽の矢が立った《調薬の魔女》・蛍を巡り、闇サプリをキメた人獣や古の怪異が襲いかかる。零士たちはかけがえのない友人を守り抜くことはできるのか？

飯楽園—メシトピア—
新作 **崩食ソサイエティ**

著／和ヶ原聡司　イラスト／とうち

ジャンクフードを食べるだけで有罪!?　行き過ぎた健康社会・日本で食料国防隊に属する少女・矢坂ミトと出会った少年・新島は、夢であるファミレスオープンのため「食」と「自由」を巡り奔走する！

ツンデレ魔女を殺せ、と女神は言った。
新作

著／ミサキナギ　イラスト／米白粕

異世界に転生して聖法の杖になった俺。持ち主の聖女はなんと、長い銀髪とツリ目が特徴的な理想のツンデレ美少女で大歓喜！　素直になれない“推し”とオタク。それは異世界の命運を左右する禁断の出会いだった——？

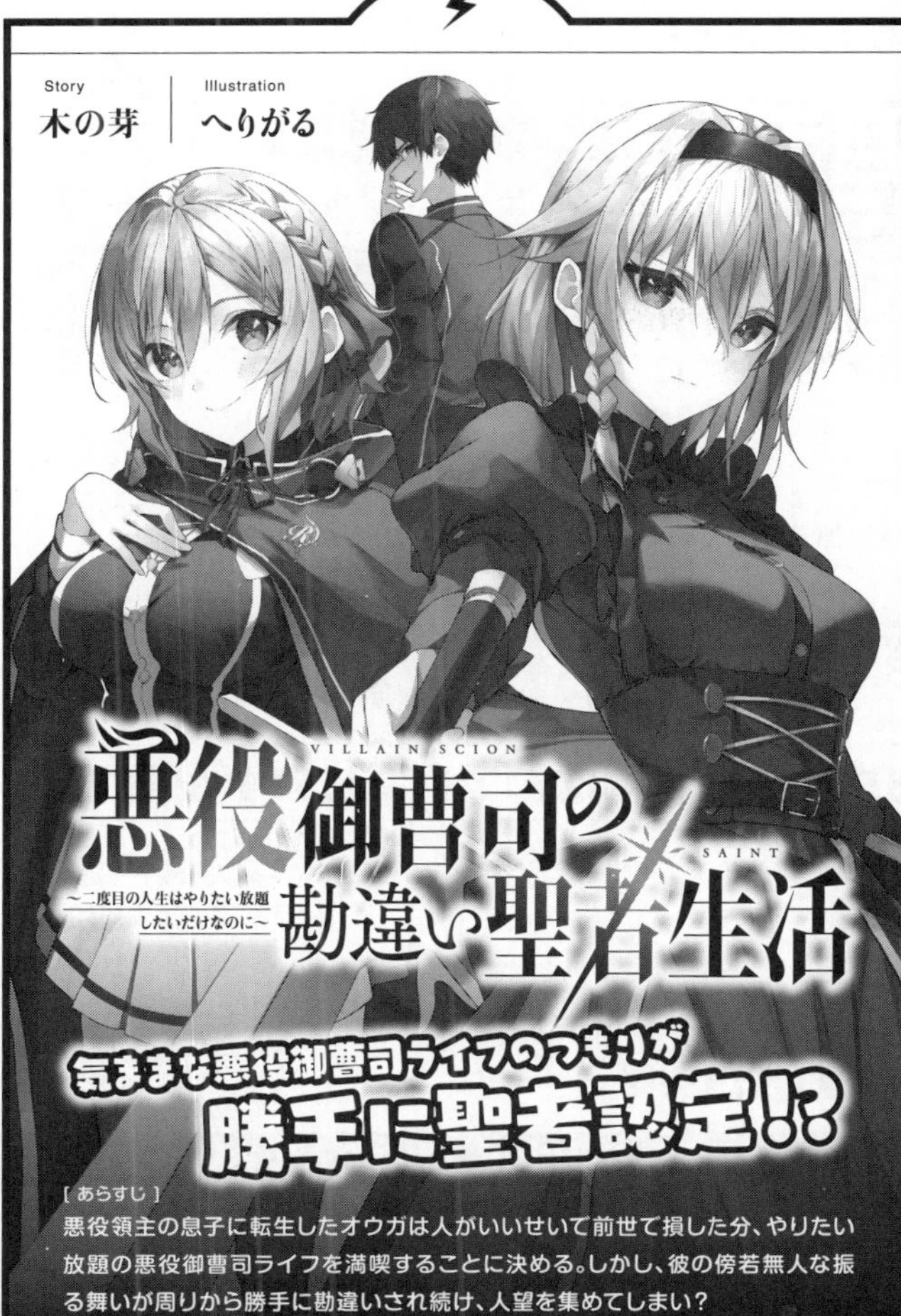

Story
木の芽
Illustration
へりがる
VILLAIN SCION
悪役御曹司の
SAINT
〜二度目の人生はやりたい放題したいだけなのに〜
勘違い聖者生活
気ままな悪役御曹司ライフのつもりが
勝手に聖者認定!?
[あらすじ]
悪役領主の息子に転生したオウガは人がいいせいで前世で損した分、やりたい放題の悪役御曹司ライフを満喫することに決める。しかし、彼の傍若無人な振る舞いが周りから勝手に勘違いされ続け、人望を集めてしまい?

電撃文庫